L'Arrabbiata et autres nouvelles

L'Arrabbiata

et autres nouvelles

Editions le Mono
Collection « *Les Grands Auteurs* »

ISBN : 978-2-36659-562-8
EAN : 9782366595628

Ce livre rassemble des nouvelles écrites par différents auteurs lauréats du prix Nobel de littérature. Des nouvelles dont la concision permet en quelques minutes de cerner le style de l'auteur.

Le prix Nobel de littérature est sans doute la plus haute distinction attribuée à un écrivain. Depuis 1901, ce prix couronne des auteurs de toute nationalité qui, selon la fondation Nobel, ont rendu de grands services à l'humanité grâce à une œuvre littéraire.

En octobre de chaque année, lorsque le nom du nouveau prix Nobel est dévoilé après des semaines voire des mois d'attente et d'excitation, les maisons d'édition rééditent et multiplient la diffusion de ses œuvres, des plus connues au moins diffusées. Les ouvrages deviennent ainsi vendeurs car l'auteur n'est plus un écrivain comme les autres, il est distingué, hautement distingué.

L'Arrabbiata de Paul Heyse est une nouvelle qui révèle largement le style agréable et soigné de cet auteur allemand qui connut gloire et notoriété à travers le monde, une notoriété couronnée par le prix Nobel de littérature en 1910. C'est une œuvre qui plonge le lecteur dans la virtuosité de cet écrivain, à travers une intrigue fortement nouée autour de cette jeune fille Laurella, surnommée l'Arrabbiata.

L'Aube est une nouvelle qui permet de jeter un regard sur le style de Anatole France, comme l'un des plus grands écrivains de la troisième république française. Couronné en 1921 par le prix Nobel de littérature, il fut le quatrième français à avoir reçu cette haute distinction après Sully Prudhomme, Frédéric Mistral et Romain Rolland.

Dans la brume, une nouvelle d'une grande poésie, est l'œuvre de Wladyslaw Reymont, l'un des plus célèbres écrivains polonais. Il fut honoré par son pays la Pologne qui mit en circulation un billet de banque de 1000000 zloty à son effigie. Il reçut en 1924 le prix Nobel qui le révéla au monde entier comme un des grands écrivains du 20è siècle.

L'année précédente, en 1923, l'académie Nobel avait décerné son prix à un auteur irlandais nommé William Butler Yeats. Il fut plutôt connu pour ses poèmes touchants. Sa vie et ses œuvres sont évoquées dans des chansons et des films, faisant de lui un des écrivains qu'on est curieux de découvrir. La nouvelle *Le cœur du printemps* allie le talent poétique de l'auteur à son style de conteur tel qu'on l'apprécie chez les grands auteurs.

Enfin, dans *L'homme qui voulut être roi*, vous découvrirez le style de Rudyard Kipling, auteur britannique né en Inde, le premier écrivain de langue anglaise à recevoir le prix Nobel en 1907. Il est à ce jour, le plus jeune lauréat du prix.

L'ARRABBIATA

Par Paul Heyse (Prix Nobel 1910)[1]

Le soleil n'était pas encore levé. Une large couche de vapeurs grisâtres s'allongeait sur le Vésuve en descendant sur Naples, et mettait dans l'ombre les petites villes de cette partie de la côte. La mer était tranquille.

Sur la marine qui s'étend le long d'une anse droite, au-dessous des rochers élevés de Sorrente, les pêcheurs étaient déjà en mouvement ; les femmes s'efforçaient de tirer de tirer à terre avec de gros câbles les bateaux et les filets qui, la nuit, avaient été tendus pour pêcher au large ; d'autres préparaient les barques, dressaient les voiles et sortaient silencieusement les rames et les vergues des voûtes creusées dans le rocher et fermées de grilles, où ils serrent la nuit leurs agrès. Aucun ne restait. Les plus vieux, qui ne vont plus en mer, se mettaient dans les longues rangées de haleurs et tiraient sur les filets. Ça et là, sur un toit plat, une femme filait, ou s'occupait des enfants pendant que sa fille aidait son mari.

---

[1] *Traduit par Gustave Bayvet.*

— Vois-tu, Rachel ? Voici M. le curé, dit une vieille femme à une enfant de douze ans qui tournait près d'elle son petit fuseau ; il monte dans la barque ; Antonino va le conduire à Capri. Maria Santissima ! comme le digne homme paraît encore endormi.

Elle lui montrait du doigt un prêtre de petite taille, d'une physionomie bienveillante, qui venait de se placer dans la barque après avoir relevé avec soin sa robe noire et l'avoir étendue sur le banc. Sur le sable, les autres cessaient de travailler pour voir partir le prêtre, qui saluait amicalement de la tête à droite et à gauche.

— Pourquoi va-t-il à Capri, grand-mère ? demanda l'enfant. Est-ce que les gens de là-bas n'ont pas de prêtres, pour nous emprunter les nôtres ?

— Tu es bien sotte, répondit la vieille ; ils en ont bien assez, et de bien belles églises, et un ermite, comme nous n'en avons pas. Mais il y a là une excellente signora qui a habité longtemps à Sorrente ; elle était si malade, que bien souvent le padre lui a porté le bon Dieu, quand on croyait qu'elle ne passerait pas la nuit. La sainte Vierge l'a protégée ; elle est redevenue fraîche et bien portante, et prend des bains de mer tous les jours. Lorsqu'elle est partie d'ici pour Capri, elle a fait cadeau de beaucoup de ducats à l'Eglise et aux pauvres gens, et elle n'a pas voulu s'en aller, que le padre lui ait promis d'aller la voir là-bas, pour qu'elle pût se confesser à lui. C'est étonnant combien elle l'aime, et c'est une bénédiction qu'un pareil prêtre ; il reçoit des dons comme un archevêque, et les gens du grand monde le recherchent. La madone sort avec lui - et elle se retourna vers le bateau qui était sur le point de démarrer.

— Aurons-nous beau temps, mon fils ? demanda le prêtre en regardant vers Naples.

— Le soleil n'est pas encore levé, répondit le garçon ; il en aura bientôt fait de ces petits nuages.

— C'est bon ! marche que nous arrivions avant la chaleur.

Antonino saisissait sa longue rame pour pousser la barque dehors, lorsqu'il s'arrêta tout à coup et regarda en haut du sentier escarpé qui conduit de la petite ville de Sorrente à la marine.

On pouvait apercevoir, en haut, une jeune fille svelte, qui descendait rapidement les escaliers et faisait signe avec un mouchoir. Elle portait un petit paquet sous le bras, et son costume était assez pauvre. Elle avait seulement une façon distinguée, quoique un peu sauvage, de jeter la tête en arrière, et les noires tresses qu'elle portait enroulées sur son front, lui faisaient comme un diadème.

13

— Pourquoi attendons-nous ? demanda le prêtre.

— Il vient vers la barque quelqu'un qui veut sans doute aller aussi à Capri ; avec votre permission, Padre, nous n'irons pas plus lentement, car ce n'est qu'une jeune fille d'à peine dix-huit ans.

À ce moment la jeune fille sortit de derrière le mur qui enserre le chemin sinueux.

— Laurella ! s'écria le prêtre, qu'a-t-elle à faire à Capri ?

Antonino leva les épaules ; la jeune fille arrivait à grands pas en regardant devant elle.

— Bonjour l'Arrabbiata, crièrent quelques-uns des jeunes marins ?

Ils en auraient sans doute dit plus long si la présence du curé ne les avait tenus en respect, car l'attitude hautaine et muette avec laquelle la jeune fille accueillit ce salut, semblait irriter leur grossièreté.

— Bonjour pour Laurella, lui crie à son tour le prêtre, ça va bien ? Veux-tu venir avec nous à Capri ?

— Si vous le permettez, mon père.

— Demande à Antonino qui est le patron de la barque, il est maître chez lui, et Dieu est notre maître à tous.

— Voici un demi-carlin, dit Laurella sans regarder le jeune marin, si je puis aller avec vous pour ce prix.

— Tu en as plus besoin que moi, grommela le garçon en rangeant quelques paniers d'oranges pour lui faire place. Il allait les vendre à Capri, car cette île de rochers n'en rapporte pas assez pour les besoins des nombreux visiteurs.

— Je ne veux pas y aller pour rien, répondit la jeune fille ; et ses yeux noirs brillèrent.

— Viens donc, enfant, dit le prêtre. C'est un brave garçon, et il ne veut pas s'enrichir de ta pauvreté. Allons, monte, - et il lui tendit la main -, et assieds-toi là près de moi. Vois, il a mis là sa jaquette pour que tu sois mieux assise. Il n'a pas pris ce soin pour moi. Mais les jeunes gens n'en font pas d'autres. On fera toujours plus d'attention à une fille qu'à dix prêtres. Bon, bon, tu n'as pas besoin de t'excuser, Tonino. Dieu l'a ordonné ainsi. Les pareils doivent tenir à leurs pareils.

Laurella était montée pendant ce temps, et s'était assise après avoir mis de côté la jaquette sans dire un mot. Le jeune marin la laissa par terre et murmura quelque chose entre ses dents, puis il se pencha vivement contre le rivage, et le bateau flotta dans le golfe.

— Qu'as-tu dans ce paquet ? demanda le prêtre, pendant qu'ils avançaient dans la mer, éclairée par les premiers rayons du soleil.

— De la soie, su fil et un pain, mon père ; je vais vendre la soie à une dame de Capri qui fait des rubans, et le fil à une autre.

— Tu l'as filée toi-même ?

— Oui, mon père.

— Si je me rappelle bien, tu as appris à faire des rubans ?

— Oui, mais ma mère va de nouveau plus mal, je ne puis plus sortir de la maison, et nous ne pouvons pas nous acheter un métier.

— Elle est plus mal… Oh ! quand je suis allé chez vous à pâques, elle était dans son fauteuil.

— Le printemps est toujours la plus mauvaise saison pour elle ; depuis que nous avons eu ces grandes tempêtes et le tremblement de terre, ses douleurs l'ont forcée à rester toujours couchée.

— Ne cesse pas de prier, mon enfant ; que la sainte Vierge intercède pour elle ! Sois bonne, active, afin que tes prières soient exaucées.

Après une pause, il reprit :

— Quand tu es descendue sur le sable, ils t'ont crié : « Bonjour, la Rabbiata ! » Pourquoi t'appellent-ils ainsi ? Ce n'est pas un beau nom pour une chrétienne, qui doit être douce et bienveillante.

La figure de la jeune fille devint toute rouge sous sa peau brune, et ses yeux brillèrent.

— Ils se moquèrent de moi parce que je ne veux ni danser, ni chanter, ni causer avec eux. Ils devraient me laisser tranquille, je ne leur fais rien.

— Tu pourrais, du moins, être aimable avec tout le monde ; les autres, à qui la vie est plus légère, peuvent danser et chanter ; mais dire une bonne parole convient aux malheureux.

Elle regardait devant elle à ses pieds et fronçait les sourcils, comme si elle voulait cacher ses yeux noirs. Ils restèrent un instant silencieux. Le soleil était radieux au-dessus des montagnes, le sommet du Vésuve sortait des vapeurs qui entouraient encore sa base, et les maisons du plateau de Sorrente se détachaient en blanc sur la sombre verdure des jardins d'orangers.

— Tu n'as plus entendu parler de ce peintre, Laurella, ce Napolitain qui voulait t'épouser ? demanda le prêtre.

Elle secoua la tête.

— Il vint dans le temps pour faire ton portrait, pourquoi le lui as-tu refusé ?

—Qu'est-ce qu'il voulait en faire ? Il y en a d'autres plus belles que moi ; qui sait d'ailleurs ce qu'il en eût fait ? Il aurait pu me jeter un sort avec cela, et nuire à mon âme ou même me faire mourir, dit ma mère.

— Ne crois pas ces vilaines choses, dit le prêtre sérieusement. N'es-tu pas toujours dans les mains de Dieu, sans la volonté duquel pas un cheveu ne peut tomber de ta tête ? Est-ce qu'un homme, un portrait à la main, peut être plus puissant que Dieu ? Tu as pu voir qu'il te voulait du bien. Est-ce qu'il ne t'avait pas demandée en mariage ?

Elle se tut.

— Pourquoi l'as-tu refusé ? C'est un brave et beau garçon. Il vous aurait soutenues, toi et ta mère, mieux que tu ne le peux en filant et en dévidant la soie.

— Nous sommes de pauvres gens, répondit-elle vivement, et ma mère est malade depuis si longtemps ; nous aurions été à sa charge. Je ne suis faite pour un monsieur. Si ses amis étaient venus le voir, il aurait eu honte de moi.

— Comme tu parles ! Je te dis que c'est un brave garçon… et par là-dessus, il voulait s'établir à Sorrente ; il n'en reviendra pas un pareil de sitôt. Celui-là était envoyé tout droit du ciel pour vous aider.

— Oh ! je ne veux pas de mari, jamais !dit-elle d'un ton bien résolu et presque hors d'elle.

— As-tu fait un vœu, ou veux-tu entrer au couvent ?

Elle secoua la tête.

— Les gens ont des raisons de te reprocher ton opiniâtreté, quoique ce nom ne soit pas beau. Oublie-tu que tu n'es pas seule sur terre, et que, par ton opiniâtreté tu rends amères la vie et la maladie de ta mère. Quelles raisons si importantes peux-tu avoir pour refuser cette main loyalement offerte qui veut vous soutenir, toi et ta mère ? Réponds-moi, Laurella.

— J'ai bien un motif, répondit-elle tout bas et en tremblant ; mais je ne puis pas le dire.

— Tu ne peux pas le dire ? pas même à moi ? pas même à ton confesseur ? Tu lui accorderas bien cependant qu'il t'aime ? Est-ce vrai ?

Elle fit un signe de tête.

— Soulage ton cœur, mon enfant ; si tu as raison, je serai le premier à t'approuver ; mais tu es jeune, tu connais peu le monde et tu pourrais regretter un jour d'avoir, par des idées d'enfant, refusé ton bonheur.

Elle jeta cependant un regard craintif sur le jeune marin qui ramait vigoureusement à l'arrière de la barque et qui avait enfoncé sur son front son bonnet de laine. Il tournait la tête du côté de la mer, et semblait abîmé dans ses propres pensées. Le prêtre vit son regard, et approcha son oreille plus près d'elle.

— Vous n'avez pas connu mon père ? dit-elle tout bas. Et ses yeux devinrent sombres.

— Ton père ? Il est mort, je crois, quand tu avais à peine dix ans. Qu'est-ce que ton père, dont l'âme puisse être au paradis, a à faire avec ton entêtement ?

— Vous ne l'avez pas connu, padre ? Vous ne savez pas qu'il est l'auteur de la maladie de ma mère ?

— Comment cela ?

— Parce qu'il l'a maltraitée, battue, foulée aux pieds. Je me rappelle encore les nuits où il rentrait à la maison en colère. Elle ne lui disait jamais rien et faisait tout ce qu'il voulait. Mais lui la battait, que le cœur m'en brisait. Je tirais la couverture sur ma tête, et je faisais semblant de dormir, mais je pleurais toute la nuit. Mais quand il la voyait à terre, il changeait tout à coup, la relevait, l'embrassait tant qu'il l'étouffait presque. Ma mère m'a défendu d'en parler ; mais il la maltraita tant que depuis qu'il est mort, elle n'a pas encore pu se remettre ; et si elle doit bientôt mourir, ce dont le Ciel la préserve, je sais bien qu'il est l'auteur de sa mort.

Le petit prêtre secoua la tête et sembla irrésolu ; jusqu'à quel point devait-il donner à sa pénitente ? Il dit enfin :

— Pardonne-lui, comme ta mère lui a pardonné. Ne pense plus à ce triste spectacle, Laurella. De meilleurs temps viendront pour toi, qui te feront tout oublier.

— Je ne l'oublierai jamais, dit-elle en frissonnant. Et savez-vous, mon père, pourquoi je veux rester fille ? Pour n'être pas soumise à quelqu'un qui me maltraite, et m'aime cependant. Si quelqu'un maintenant veut me frapper ou m'embrasser, je sais me défendre. Mais ma mère ne pouvait pas se défendre, elle ne pouvait repousser ni les coups ni les baisers, parce qu'elle l'aimait. Je ne veux aimer aucun homme au point de devenir malade et misérable pour lui.

— Tu n'es encore qu'une enfant ; tu parles comme une enfant qui ne sait pas ce qui se passe sur la terre. Tous les hommes sont-ils comme ton pauvre père pour s'abandonner à leurs colères et à leurs passions, et maltraiter leur femme ? N'as-tu pas vu assez de braves gens dans tout le voisinage et des femmes qui vivent en paix et en bonne union avec leurs maris ?

— Personne ne sait comment mon père était pour ma mère, car elle serait morte mille fois plutôt que d'en parler et de s'en plaindre à quelqu'un. Et tout cela parce qu'elle l'aimait ; si l'amour est tel qu'il ferme les lèvres quand on devrait crier au secours, s'il nous abandonne sans défense à des maux pires que ceux que notre plus cruel ennemi pourrait nous causer, je ne donnerai jamais mon cœur à un homme.

— Je te dis que tu es une enfant, tu parles sans savoir. Tu obéiras à ton cœur si tu dois aimer, quand le temps sera venu, et tout ce que tu te mets maintenant dans la tête ne te servira à rien.

Puis, après un instant de silence :

— Et ce jeune peintre, crois-tu qu'il t'aurait maltraitée ?

— Il faisait des yeux comme mon père quand il demandait pardon à ma mère, et voulait la prendre dans ses bras pour lui dire de bonnes paroles. Je connais ces yeux-là. Celui-là aussi sait les faire, qui a le cœur de battre la femme qui ne lui a jamais fait de mal. J'en ais le frisson, comme si je le voyais.

Puis elle tomba dans un silence obstiné. Le prêtre se taisait aussi : il réfléchissait aux beaux discours qu'il aurait pu faire à cette fille. Mais la présence du jeune batelier, qui était devenu plus agité à la fin de la confession, lui ferma la bouche.

Lorsque après deux heures de voyage, ils arrivèrent dans le petit port de Capri, Antonino porta le prêtre hors de la barque pour lui faire passer les dernières flaques d'eau, et le déposa respectueusement à terre. Mais Laurella n'avait pas voulu attendre qu'il revînt la prendre. Elle ramena sa jupe, prit ses sabots dans la main droite, son paquet dans la gauche, et se mit à l'eau pour gagner vivement la terre.

— Je resterai sans doute longtemps à Capri aujourd'hui, dit le prêtre. Tu n'as pas besoin de m'attendre ; peut-être ne reviendrai-je que demain à la maison. Et toi, Laurella, quand tu rentreras, salue ta mère. J'irai vous voir avant la fin de la semaine. Tu retournes avant la nuit, n'est-ce pas ?

— Si j'en ai l'occasion, dit la jeune fille, et elle se mit à arranger ses vêtements.

— Tu sais que je dois aussi retourner, dit Antonino, avec un ton qu'il crut très indifférent. Je t'attendrai jusqu'à l'*Ave Maria.* Mais si tu n'es pas arrivée, cela me sera bien égal.

— Il faut que tu reviennes, Laurella, dit le prêtre ; tu ne peux pas laisser ta mère seule une nuit. Vas-tu loin ?

— A Anacapri, dans une vigne.

— Moi, je vais à Capri. Que Dieu te protège, mon enfant, et toi aussi, mon fils.

Laurella lui baisa la main et murmura un adieu que le prêtre et Antonino pouvaient se partager. Antonino n'en prit rien pour lui. Il tira son bonnet au padre, et ne regarda pas Laurella.

Mais lorsque tous deux lui eurent tourné le dos, ses yeux suivirent un instant le prêtre qui avançait péniblement sur un lit de cailloux roulants, puis il regarda du côté de la jeune fille qui s'était dirigée vers la hauteur à droite, tenant la main sur ses yeux pour se protéger de l'ardeur du soleil. Avant que le chemin ne disparût entre des mûrs, elle s'arrêta un instant comme pour respirer et regarda autour d'elle. A ses pieds était la marine, tout autour s'élevaient des rochers à pic. La mer était d'un bleu admirable. C'était un spectacle qui méritait bien qu'on s'arrêtât. Le hasard fit que, son regard tombant sur la barque d'Antonino, elle rencontra ses yeux dirigés vers elle. Tous deux firent un mouvement comme des gens qui veulent s'excuser d'un acte involontaire, et la jeune fille continua son chemin avec une expression de figure plus sombre.

Il était une heure de l'après-midi, et Antonino était assis depuis deux heures sur un banc devant l'auberge des pêcheurs. Une pensée devait lui trotter dans la tête, car toutes les cinq minutes il se levait, se mettait au soleil et regardait avec inquiétude les chemins qui, à droite et à gauche, conduisent aux deux petites villes de l'île. Il dit alors à l'hôtesse de l'Osterie que le temps l'inquiétait, quoiqu'il fût clair ; qu'il connaissait cette couleur du ciel et de la mer. Ils avaient cette apparence avant la dernière grande tempête pendant laquelle il avait eu tant de peine à ramener à terre cette famille anglaise. Il devait se le rappeler.

— Non, dit la femme.

— Eh bien, pensez à moi, si le temps change avant la nuit.

— Y a-t-il beaucoup de monde là-bas ? demanda l'hôtesse après une pause.

— Cela commence. Jusqu'ici nous avons eu mauvais temps, ceux qui viennent pour les bains se font attendre ; le printemps est venu tard. Avez-vous gagné plus que nous à Capri ?

— Je n'aurais eu de quoi manger du macaroni que deux fois la semaine, si je n'avais eu que ma barque. J'ai eu de temps en temps une lettre à porter à Naples ou à promener ici même un monsieur qui voulait pêcher à la ligne. C'était tout. Mais vous savez que mon oncle a de grands jardins d'orangers et qu'il est riche. « Tonino, dit-il, tant que je vivrai, tu ne seras pas dans le besoin, et après moi, je penserai à toi. » C'est comme cela que j'ai passé l'hiver, avec l'aide de Dieu.

— A-t-il des enfants, votre oncle ?

— Non. Il n'a jamais été marié, et il est resté longtemps à l'étranger, où il a amassé beaucoup de piastres. Il pense maintenant à prendre une grande pêcherie, et il veut m'en charger, pour que j'aie l'œil sur tout.

— Vous êtes maintenant un homme, Antonino.

Le jeune batelier haussa les épaules :

— Chacun a son fardeau à porter, dit-il.

En même temps il s'avança de nouveau, et regarda le temps à droite et à gauche, quoiqu'il dût bien savoir qu'on regarde le temps d'un seul côté.

— Je vous apporte encore une bouteille … votre oncle peut payer, dit l'hôtesse.

— Rien qu'un verre, car vous avez là un vin terriblement fort ; j'ai déjà la tête toute chaude.

— Il ne va pas dans le sang ; vous pouvez en boire autant que vous voulez. Voilà mon mari qui revient. Vous aller vous asseoir encore un instant pour bavarder avec lui.

L'élégant patron du cabaret descendait en effet de la hauteur, un filet sur les épaules, son bonnet rouge sur ses cheveux frisés. Il avait porté à la ville du poisson frais, commandé par l'excellente dame pour l'offrir au padre de Sorrente. Lorsqu'il aperçut le jeune batelier, il lui fit de la main un bonjour amical, se mit près de lui sur le banc, et commença à raconter et à questionner. Sa femme venait d'apporter une seconde bouteille de vrai Capri pur, lorsque le sable du rivage commença à crier, et Laurella arriva par le chemin d'Anacapri. Elle salua légèrement de la main et s'arrêta avec hésitation, sans dire un mot. Antonino sauta de son banc.

— Il faut que je parte, dit-il, c'est une fille de Sorrente qui est venue ce matin avec le curé, et qui veut retourner pour la nuit auprès de sa mère malade.

— Bon, bon, la nuit est encore loin, dit le pêcheur, vous avez bien le temps de boire un verre de vin. Holà, femme, apporte encore un verre.

— Moi, je ne bois pas, dit Laurella, en restant un peu à l'écart.

— Apportes-en toujours un, femme, apportes-en un. Elle se laissera faire.

— Laissez-la, dit le batelier. Elle a la tête dure ; quand elle ne veut pas une chose, pas un saint du Paradis ne pourrait la persuader.

Et en même temps il prit rapidement congé, descendit à sa barque, défit la corde et attendit la jeune fille. Elle dit encore une fois bonsoir à l'hôte du cabaret, et alla vers la barque à pas lents, regardant de tous côtés comme pour trouver d'autres compagnons de route. La marine était vide. Les pêcheurs dormaient ou étaient en mer avec leurs lignes et leurs filets. Quelques femmes et quelques enfants étaient assis sur les portes, dormant ou filant ; et les étrangers qui étaient venus le matin, attendaient la fraîcheur du soir pour retourner.

Elle n'eut pas longtemps à regarder autour d'elle, car avant qu'elle pût s'en défendre Antonino l'avait prise dans ses bras, et la portait comme un enfant dans la barque. Puis, il sauta après elle et en quelques coups de rames, ils furent bientôt en pleine mer.

Elle s'était placée devant et lui tournait à moitié le dos, de sorte qu'il ne pouvait la voir que de profil.

Sa figure était encore plus sérieuse que de coutume. Ses cheveux couvraient son front bas, ses narines fines étaient gonflées par une expression de résolution, et ses lèvres pleines étaient serrées l'une contre l'autre. Lorsqu'ils eurent vogué un temps en silence, elle sentit la chaleur brûlante du soleil, ôta son pain de son mouchoir, qu'elle mit sur ses cheveux. Puis elle commença à manger son pain sec pour son repas de l'après-midi, car elle n'avait rien pris à Capri.

Antonino n'endura pas cela longtemps. Il tira deux oranges d'une corbeille qui en avait été pleine le matin, et dit :

— Voilà quelque chose pour manger avec ton pain, Laurella. Ne crois pas que je les aie gardées pour toi, elles sont tombées du panier dans la barque et je les ai trouvées quand j'ai remis en place mon panier vide.

— Mange-les, j'ai assez de mon pain.

— Elles sont rafraîchissantes par la chaleur, et tu as couru loin.

— Ils m'ont donné là-haut un verre d'eau, cela m'a rafraîchie.

— Comme tu voudras, dit-il, et il les laissa retomber dans le panier.

Nouveau silence ; la mer était unie comme un miroir et bouillonnait. Seulement, autour de la barque, les oiseaux de mer, qui nichent dans les rochers du rivage, volaient eux aussi sans bruit.

— Tu pourrais porter ces deux oranges à ta mère. A ta mère, reprit Antonino.

— Nous en avons encore à la maison, et quand elles seront finies, j'irai en acheter d'autres.

— Porte-les-lui de ma part.

— Elle ne te connaît pas.

— Tu peux lui dire qui je suis.

— Je ne te connais pas.

Ce n'était pas la première fois qu'elle le reniait ainsi. Un an plus tôt, quand le peintre était venu à Sorrente, il arriva un soir qu'Antonino, avec d'autres garçons du pays, jouait sur une place, près de la rue principale de la Boccia. C'est là que le peintre rencontra pour la première fois Laurella qui portait une cruche d'eau sur la tête, marchant sans penser à rien. Le Napolitain, saisi par cette vue, s'arrêta, la regarda, quoiqu'il fût au milieu du jeu et eût pu en deux pas s'en éloigner ; une boule fort dure en rencontrant sa jambe lui rappela que ce n'était pas ici le lieu de se laisser aller à ses pensées. Il regarda autour de lui, et attendit une excuse. Le jeune batelier, qui avait jeté la boule, était silencieux et résolu au milieu de ses amis. Aussi l'étranger trouva prudent d'éviter une dispute et de s'en aller. On en avait parlé, et on en reparla plus encore lorsque le peintre se déclara ouvertement pour Laurella. « Je ne le connais pas », dit-elle involontairement, quand le peintre lui demanda si elle le repoussait à cause de ce gars peu poli. Cette réponse lui était venue aux oreilles. Et depuis ce temps, quand Antonino la rencontrait, elle faisait semblant de ne pas le reconnaître.

Ils étaient assis dans le bateau comme des ennemis acharnés. Le cœur leur tremblait terriblement fort. La figure, tout à l'heure bienveillante d'Antonino, était très rouge. Il frappait sur l'eau si fort que l'écume le couvrait, ses lèvres tremblaient comme s'il murmurait de mauvaises paroles. Elle fit semblant de ne pas s'en apercevoir, prit son visage le plus calme, se pencha sur le bord du bateau et laissa l'eau couler entre ses doigts. Puis elle renoua son fichu, arrangea ses cheveux comme si elle était seule dans la barque. Seulement ses yeux noirs brillaient, et ce fut en vain qu'elle mit ses mains mouillées sur ses joues brûlantes pour les rafraîchir.

Ils étaient maintenant au milieu de la mer et on ne voyait aucune voile à l'horizon, les îles étaient restées derrière, la côte était loin dans la vapeur du soleil ; pas une mouette ne troublait cette profonde solitude.

Antonino examinait tout autour de lui. Une pensée semblait lui monter au cerveau. Tout à coup ses joues pâlirent, et il laissa tomber ses rames. Involontairement Laurella le regarda, inquiète, mais sans montrer la moindre frayeur.

— Il faut que cela ait une fin, dit impétueusement le jeune batelier. Il y a trop longtemps que j'en souffre, et je suis étonné de ne pas en être mort. Tu ne me connais pas, dis-tu. Est-ce que tu ne m'as pas vu assez souvent passant près de toi comme un insensé, et le cœur gros d'envie de te parler ? Alors tu prenais ta figure en colère et tu me tournais le dos.

— Qu'avais-je à causer avec toi ? dit-elle bravement. J'ai bien vu que tu voulais te lier avec moi, mais je ne voulais pas faire parler de moi pour rien au monde, car je ne veux prendre pour mari ni toi, ni personne.

— Personne ? Tu ne parleras pas toujours ainsi. Parce que tu as renvoyé le peintre ? Bah ! tu étais alors une enfant. Il viendra un jour où tu seras seule et alors, telle que tu es, tu prendras le premier venu.

— Nul ne connaît son sort. Peut-être ma volonté changera-t-elle : en quoi cela te regarde-t-il ?

— En quoi cela me regarde ? Et en disant ces mots, il sauta de son banc si vivement que le bateau chancela. En quoi cela me regarde ? Et tu peux me le demander encore quand tu sais où j'en suis ? Puisse-t-il périr le malheureux que tu traiteras mieux que moi !

— Me suis-je promise à toi ? Le puis-je, si tu as perdu la tête ? Quel droit as-tu sur moi ?

— Oh ! s'écria-t-il, ce n'est pas écrit. Un avocat ne l'a pas mis en latin et scellé. Mais je sais que j'ai autant de droit sur toi que pour mon entrée au ciel, si j'ai été un brave garçon. Crois-tu que j'aurais la patience de te voir aller à l'église avec un autre, de voir les jeunes filles passer devant moi en levant les épaules ? Faut-il que je me fasse moquer de moi ?

— Fais ce que tu veux, je me laisserai d'autant moins fléchir, que tu me menaces. Moi aussi je veux faire ma volonté.

— Tu ne parleras pas longtemps comme cela, et il tremblait de tout son corps. Je suis assez homme pour ne pas laisser plus longtemps chagriner ma vie par une tête aussi entêtée. Sais-tu que tu es ici en mon pouvoir, et que tu dois faire ce que je veux ?

Elle se ramassa un peu et le regarda dans les yeux.

— Tue-moi si tu l'oses, répondit-elle lentement.

— Il ne faut pas faire les choses à moitié, et en disant ces mots, sa voix devint plus sourde. Il y a place pour nous deux dans la mer. Je ne puis pas te porter secours, enfant, - il parlait presque avec pitié, comme s'il rêvait -. Mais il faut que nous allions au fond tous les deux ensemble tout de suite, s'écria-t-il avec violence.

Et il la saisit dans ses bras. Mais au même moment il retira sa main ; le sang coulait ; elle l'avait mordu très profondément.

— Faut-il que je fasse ce que tu veux ? lui cria-t-elle en s'éloignant de lui rapidement. Tu vas voir si je suis en ton pouvoir.

Et elle sauta par-dessus le bord de la barque et disparut en un moment dans la mer.

Elle réapparut bientôt à la surface ; ses vêtements la serraient étroitement, ses cheveux dénoués par les vagues pendaient lourdement sur son cou. Elle faisait aller tranquillement ses bras et nageait vigoureusement vers la côte sans pousser un cri. Une frayeur subite semblait avoir paralysé Antonino. Il resta dans la barque, se pencha, le regard fixé sur elle, comme si un miracle se passait sous ses yeux. Alors il se secoua, se saisit de ses rames et la suivit de toutes les forces qu'il pouvait réunir, pendant que le fond du bateau était rougi par le sang qui coulait toujours. En un instant il fut près d'elle, si vite qu'elle nageât.

— Par la Vierge sainte, lui cria-t-il, reviens dans la barque. J'ai été fou. Dieu sait ce qui m'a obscurci l'esprit. Un coup de tonnerre m'avait frappé le front, je brûlais tout entier, et ne savais ni ce que je faisais, ni ce que je disais. Ne me pardonne pas, Laurella ; sauve seulement ta vie, et remonte ici.

Elle continuait à nager comme si elle n'avait pas entendu.

— Tu ne peux pas atteindre la terre, il y a encore deux milles. Pense à ta mère ; s'il t'arrivait malheur, elle mourrait de t'avoir perdue.

D'un regard, elle mesura l'éloignement de la côte ; puis, sans répondre, elle nagea vers la barque, et saisit le bord avec ses mains. Comme s'il s'était levé pour l'aider, sa jaquette qui était sur le banc tomba à la mer au moment où la barque fléchit d'un côté sous le poids de la jeune. Elle s'élança lestement dedans et regagna sa place. Lorsqu'il la vit en sûreté il reprit ses rames. Elle tordit ses vêtements trempés et exprima l'eau de ses tresses.

Alors elle jeta les yeux sur le fond de la barque et y vit du sang ; elle regarda rapidement la main qui tenait la rame, comme si elle n'était pas blessée. « Tiens », lui dit-elle, et elle lui tendit son fichu. Il secoua la tête et continua à ramer. Enfin elle se leva, alla à lui, et banda fortement le fichu sur la profonde blessure ; puis, bien qu'il s'en défendît, elle lui prit une des rames et s'assit à côté de lui sans le regarder, ne quittant pas des yeux la rame qui était rouge de sang et poussant vigoureusement la barque. Ils étaient tous deux pâles et silencieux quand ils approchèrent de terre. Ils rencontrèrent des pêcheurs qui allaient jeter leurs filets pendant la nuit. Ils appelèrent Antonino et se moquèrent de Laurella. Aucun ne regarda ni ne répondit un mot.

Le soleil était encore assez haut au-dessus de Procida quand ils atteignirent la marine. Laurella secoua ses vêtements qui étaient presque secs et sauta à terre. La vieille femme qui l'avait vue s'embarquer le matin, était revenue sur son toit.

— Qu'as-tu à la main, Torino ? lui cria-t-elle d'en haut. Jésus-Christ ! la barque est pleine de sang.

— Ce n'est rien, la mère, répondit le batelier, je me suis déchiré à un clou qui était trop ressorti. Demain ce sera passé, ce damné sans vient de ma main, cela paraît plus grave que ce n'est en vérité.

— Je vais venir te mettre dessus des herbes, compadre, attends, j'y vais de suite.

— Ne vous donnez pas cette peine, commeare. Tout est arrangé, demain ce sera passé et oublié. J'ai une bonne peau qui repousse vite sur les blessures.

— Addio, dit Laurella, et elle se dirigea vers le sentier qui monte.

— Bonne nuit, lui cria le garçon sans la regarder.

Puis il emporta du bateau les agrès et les paniers, et monta le petit escalier de pierre de sa cabane.

Il était seul dans ses deux chambres où il allait et venait. Par la fenêtre ouverte que fermaient de simples volets en bois, pénétrait un air plus frais que celui de la mer tranquille. Il se trouvait bien dans sa solitude. Longtemps il s'arrêta devant une petite image de la Vierge, et considéra l'auréole d'étoiles en papier d'argent, collées tout autour ; mais il ne pensa pas à prier.

Qu'avait-il à demander au ciel, puisqu'il n'avait plus d'espérance ?

Il lui semblait que le jour ne voulait pas finir, et cependant il aspirait à l'obscurité, car il était fatigué, et la perte de sang l'avait plus affaibli qu'il ne voulait se l'avouer. Comme il sentait à la main une vive douleur, il s'assit sur un escabeau et ôta le bandage. Le sang comprimé jaillit de nouveau ; la blessure avait fait beaucoup enfler sa main. Il la lava avec soin et la rafraîchit longtemps. Lorsqu'il la regarda de nouveau, il vit clairement la marque des dents de Laurella. « Elle avait raison, dit-il, je lui enverrai demain son fichu par Giuseppe, car il ne faut pas qu'elle me renvoie. » Il lava avec soin le fichu, l'étendit au soleil, après avoir bandé de nouveau sa main, aussi bien que possible avec la main gauche et les dents, puis il se jeta sur son lit et ferma les yeux.

La lune brillante et en même temps la douleur de la main le tirèrent d'un demi-sommeil. Il se leva pour calmer dans l'eau l'affluence brûlante du sang, lorsqu'il entendit du bruit à sa porte.

— Qui est là ? demanda-t-il, en ouvrant.

Laurella était devant lui. Elle entra sans rien demander, elle jeta le mouchoir qu'elle avait sur la tête, posa sur la table un petit panier et poussa un profond soupir.

— Tu viens chercher ton fichu, dit-il, tu aurais pu t'épargner cette peine, car j'aurais prié, demain matin, Giuseppe de te le rapporter.

— Ce n'est pas pour mon fichu, répondit-elle rapidement. Je suis allée dans la montagne pour chercher des herbes qui sont bonnes contre les blessures. Les voici. Et elle enleva le couvercle du panier.

— C'est trop de peine, dit-il, sans aucune amertume ; c'est vraiment trop de peine. Cela va déjà mieux, beaucoup mieux, et si cela allait plus mal, je l'aurais bien mérité. Que veux-tu, ici, à cette heure ? Si quelqu'un te rencontrait !

Tu sais combien ils bavardent, quoiqu'ils ne sachent pas ce qu'ils disent.

— Je ne me soucie de personne, répondit-elle vivement, je veux voir ta main, mettre dessus ces herbes ; tu ne pourrais pas y arriver avec ta main gauche.

— Je te dis que c'est inutile.

— Laisse-moi voir.

Elle lui prit sans plus la main qui ne pouvait pas se défendre, et ôta les linges. Lorsqu'elle vit la grande inflammation, elle tressaillit et s'écria : « Jesus Maria ! »

— C'est un peu diminué, continua-t-il ; cela s'en ira en vingt-quatre heures.

Elle secoua la tête et dit : « avec cela tu ne peux pas ramer d'une main. »

— Après-demain, je pense. Qu'est-ce que cela fait, après tout ?

Elle avait, pendant ce temps, pris une cuvette pour laver de nouveau la blessure, ce qui le fit souffrir comme un enfant. Puis elle mit dessus les feuilles bienfaisantes des herbes qui lui enlevèrent aussitôt la sensation brûlante, et banda la main avec de fines bandes de toile qu'elle avait apportées. Lorsque ce fut fait :

— Je te remercie, lui dit-il, et si tu veux me faire encore un plaisir, pardonne-moi d'avoir eu une pareille folie en tête, et oublie tout ce que j'ai dit et fait aujourd'hui. Je ne sais pas moi-même comment cela est venu. Tu ne m'en as jamais donné le sujet, jamais, et tu n'entendras plus de moi rien qui puisse te chagriner.

— C'est moi qui ai un pardon à te demander, reprit-elle, j'aurais dû être toute autre et meilleure avec toi, et ne pas t'irriter par ma stupide conduite ; et encore cette malheureuse blessure.

— Il était nécessaire, et il est bien temps que je rentrasse en moi-même, et comme on dit, il n'y a pas eu de mal ; mais ne parle pas de pardon ; tu m'as fait du bien et je te remercie, maintenant va dormir et voici … voici ton mouchoir que tu peux emporter en même temps.

Il le lui tendit. Mais elle était toujours debout devant lui, et semblait en proie à un combat intérieur. Enfin, elle lui dit :

— Tu as perdu aussi ta jaquette à cause de moi, et je sais que l'argent des oranges était dedans. Je me suis souvenue de tout cela en chemin. Je ne puis pas t'indemniser tout de suite, parce que nous n'avons rien, et si nous avions quelque chose, cela serait à ma mère. Mais j'ai là une croix d'argent, que le peintre laissa sur la table la dernière fois qu'il vint chez nous. Depuis ce temps, je ne l'ai jamais regardée et ne puis pas la conserver dans le coffre. Vends-la, elle vaut bien encore un couple de piastres, m'a dit dans le temps ma mère ; tu seras ainsi remboursé, et s'il manquait quelque chose, je tâcherai de le gagner en filant la nuit, quand ma mère dort.

— Je ne la prendrai pas, dit-il bravement en repoussant la petite croix blanche qu'elle avait sortie de sa poche ?

— Il faut que tu la prennes. Qui sait pendant combien de temps tu ne pourras rien gagner avec ta main ? Je la laisse là et ne veux plus la voir devant mes yeux.

— Jette-la dans la mer.

— Ce n'est pas un cadeau que je te fais, ce n'est que ton dû et ce qui te revient.

— C'est bon, je n'ai droit sur rien de ce qui t'appartient. Si tu me rencontres jamais, fais-moi le plaisir de ne pas me regarder, pour que je ne pense pas que tu te souviens de ce dont je suis coupable envers toi. Et maintenant bonne nuit. Que tout soit fini !

Il mit dans le panier le mouchoir et la croix, et referma le couvercle. Lorsqu'il leva les yeux sur son visage, il fut fort étonné : de grosses larmes coulaient sur ses joues, elle les laissait aller.

— Maria santissima ! Es-tu malade ? Tu trembles de la tête aux pieds !

— Ce n'est rien … je m'en vais chez nous.

Et elle se tourna en chancelant vers la porte ; les pleurs l'accablaient à tel point qu'elle heurta la porte du front en sanglotant violemment. Mais avant qu'il se fût approché pour la soutenir, elle se retourna tout à coup et se jeta à son cou.

— Non, je ne puis pas supporter cela ! s'écria-t-elle en se pressant contre lui comme une mourante qui s'attache à la vie. Je ne puis pas entendre que tu me donnes de bonnes paroles, et que tu me laisses aller en prenant toute la faute sur ta conscience. Bats-moi, foule-moi aux pieds, maudis-moi, ou, s'il est vrai que tu m'aimes encore après tout le mal que je t'ai fait, prends-moi, garde-moi, fais de moi tout ce que tu voudras, mais ne me renvoie pas si vite.

De nouveaux sanglots l'interrompirent.

Il la tint un instant dans ses bras sans parler.

— Si, je t'aime encore, dit-il enfin. Sainte mère de Dieu ! penses-tu que tout le sang de mon cœur soit parti dans ma blessure ? Ne sens-tu pas qu'il saute dans ma poitrine comme s'il voulait en sortir et aller vers toi ? Si tu ne dis cela que pour m'éprouver ou parce que tu as peur de moi, va-t'en ; j'oublierai encore cela. Ne crois pas que tu me doives quelque chose, parce que tu sais que je souffre à cause de toi.

— Non, reprit-elle avec violence en levant rapidement ses yeux humides vers lui. Je t'aime ! Je te dirai seulement que je l'ai redouté longtemps, j'ai lutté ; mais maintenant je serai tout autre, car je ne puis plus supporter de ne pas te regarder quand je te rencontre dans la rue. Maintenant je veux t'embrasser, pour que tu puisses dire, si tu doutais encore de moi : « elle m'a embrassé, et Laurella, n'embrasse que celui qu'elle veut pour mari ! »

Elle l'embrassa trois fois, puis se sépara de lui en lui disant :

— Bonne nuit, mon bien-aimé ! Va dormir maintenant et guéris ta main. Ne viens pas avec moi… je n'ai plus peur de personne maintenant, si ce n'est de toi.

Elle se glissa à travers la porte et disparut dans l'ombre des murs. Il regarda pendant longtemps par la fenêtre, du côté de la mer, où les étoiles semblaient descendre.

Lorsque le petit curé vint, la fois suivante, au confessionnal où Laurella était restée longtemps à genoux, il rit silencieusement en lui-même :

— Qui aurait pensé, se disait-il, que Dieu saurait émouvoir si vite cet incroyable cœur ? Je me faisais des reproches de n'avoir pas combattu plus vivement le démon en courant vers elle ; mais nos yeux ont la vue courte pour les chemins du ciel. Maintenant, Dieu soit béni ! puisse-t-il me laisser vivre assez longtemps pour que le premier garçon de

Laurella me mène une fois dans la barque, à la place de son père. Eh ! eh ! eh ! l'Arrabbiata !

L'AUBE

Par Anatole France (Prix Nobel 1921)

À mademoiselle Léonie Bernardini

Le Cours-la-Reine était désert. Le grand
silence des jours d'été régnait sur les vertes
berges de la Seine, sur les vieux hêtres taillés
dont les ombres commençaient à s'allonger vers
l'Orient et dans l'azur tranquille d'un ciel sans
nuages, sans brises, sans menaces et sans
sourires. Un promeneur, venu des Tuileries,
s'acheminait lentement vers les collines de
Chaillot. Il avait la maigreur agréable de la
première jeunesse et portait l'habit, la culotte,
les bas noirs des bourgeois, dont le règne était
enfin venu. Cependant son visage exprimait
plus de rêverie que d'enthousiasme. Il tenait un
livre à la main ; son doigt, glissé entre deux
feuillets, marquait l'endroit de sa lecture, mais
il ne lisait plus. Par moments, il s'arrêtait et
tendait l'oreille pour entendre le murmure léger
et pourtant terrible qui s'élevait de Paris, et
dans ce bruit plus faible qu'un soupir il devinait
des cris de mort, de haine, de joie, d'amour, des
appels de tambours, des coups de feu, enfin tout
ce que, du pavé des rues, les révolutions font

monter vers le chaud soleil de férocité stupide et d'enthousiasme sublime. Parfois, il tournait la tête et frissonnait. Tout ce qu'il avait appris, tout ce qu'il avait vu et entendu en quelques heures emplissait sa tête d'images épouvantables : la Bastille prise et déjà décrénelée par le peuple ; le prévôt des marchands tué d'un coup de pistolet au milieu d'une foule furieuse ; le gouverneur, le vieux de Launay, massacré sur le perron de l'Hôtel de Ville ; une plèbe terrible, pâle comme la faim, ivre, hors d'elle-même, perdue dans un rêve de sang et de gloire, roulant de la Bastille à la Grève, et, au-dessus de cent mille têtes hallucinées, les corps des invalides pendus à une lanterne et le front couronné de chêne d'un triomphateur en uniforme blanc et bleu ; les vainqueurs, précédés des registres, des clefs et de la vaisselle d'argent de l'antique forteresse, montant au milieu des acclamations le perron ensanglanté ; et devant eux, les magistrats du peuple, La Fayette et Bailly, émus, glorieux, étonnés, les pieds dans le sang, la tête dans un nuage d'orgueil ! Puis, la peur régnant encore sur la foule déchaînée, au bruit semé que les troupes royales vont entrer de nuit dans la ville ; les grilles des palais arrachées pour en faire des piques, les dépôts d'armes, pillés, les citoyens élevant des barricades dans les rues et les femmes montant des grès sur les toits des maisons pour en écraser les régiments étrangers !

Ces scènes violentes se sont réfléchies dans son imagination avec les teintes de la mélancolie. Il a pris son livre préféré, un livre anglais de méditations sur les tombeaux, et il s'en est allé le long de la Seine, sous les arbres du Cours-la-Reine, vers la maison blanche, où nuit et jour va sa pensée. Tout est calme autour de lui. Il voit sur la berge des pêcheurs à la ligne, assis, les pieds dans l'eau ; et il suit en rêvant le cours de la rivière. Parvenu aux premières rampes des collines de Chaillot, il rencontre une patrouille qui surveille les communications entre Paris et Versailles. Cette troupe, armée de fusils, de mousquets, de hallebardes, est composée d'artisans portant le tablier de serge ou de cuir, d'hommes de loi de noir vêtus, d'un prêtre et d'un géant barbu, en chemise, nu-jambes. Ils arrêtent quiconque veut passer : on a surpris des intelligences entre le gouverneur de la Bastille et la cour ; on craint une surprise.

Le promeneur est jeune et son air ingénu. Il dit à peine quelques mots et la troupe le laisse passer en souriant.

Il monte une ruelle en pente, parfumée de sureaux en fleur, et s'arrête à mi-côte devant la grille d'un jardin.

Ce jardin est petit, mais des allées sinueuses, des plis de terrain en allongent la promenade. Des saules trempent le bout de leurs branches dans un bassin où nagent des canards. A l'angle de la rue, sur un tertre, s'élève une gloriette légère et une pelouse fraîche s'étend devant la maison. Là, sur un banc rustique, une jeune femme est assise, elle penche la tête ; son visage est caché par un grand chapeau de paille, couronné de fleurs naturelles. Elle porte sur sa robe à raies blanches et roses un fichu noué à la taille qui, marquée un peu haut, donne à la jupe une longueur élancée, pleine de grâce. Les bras serrés dans une manche étroite, reposent. Une corbeille de forme antique, remplie de pelotes de laine, est à ses pieds. Près d'elle, un enfant, dont les yeux bleus brillent à travers les mèches de ses cheveux d'or, fait des tas de sable avec sa pelle.

La jeune femme reste immobile sans rien voir et comme charmée, et lui, debout à la grille, se refuse à rompre un charme si doux. Enfin, elle lève la tête et montre un visage jeune presque enfantin, dont les traits ronds et purs ont une expression naturelle de douceur et d'amitié. Il s'incline devant elle. Elle lui tend la main.

— Bonjour, monsieur Germain ; quelle nouvelle ? Quelle nouvelle apportez ? comme dit la chanson. Je ne sais que des chansons.

— Pardonnez-moi, madame, d'avoir troublé vos songes. Je vous contemplais. Seule, immobile, accoudée, vous m'avez semblé l'ange du rêve.

— Seule ! seule ! répondit-elle, comme si elle n'avait entendu que ce mot : seule ! L'est-on jamais ?

Et, comme elle vit qu'il la regardait sans comprendre, elle ajouta :

— Laissons cela - ce sont des idées que j'ai... Quelles nouvelles ?

Alors, il lui conta la grande journée, la Bastille vaincue, la liberté fondée. Sophie l'écouta gravement, puis :

— Il faut se réjouir, dit-elle ; mais notre joie doit être la joie austère du sacrifice. Désormais les Français ne s'appartiennent plus ; ils se doivent à la révolution qui va changer le monde.

Comme elle parlait ainsi, l'enfant se jeta joyeusement sur ses genoux.

— Regarde, maman ; regarde le beau jardin.

Elle lui dit en l'embrassant :

— Tu as raison, mon Émile ; rien n'est plus sage au monde que de faire un beau jardin.

— Il est vrai, ajouta Germain ; quelle galerie de porphyre et d'or vaut une verte allée ?

Et songeant à la douceur de conduire à l'ombre des arbres cette jeune femme appuyée à son bras :

— Ah ! s'écria-t-il en jetant sur elle un regard profond, que m'importent les hommes et les révolutions !

— Non ! dit-elle, non ! je ne puis détacher ainsi ma pensée d'un grand peuple qui veut fonder le règne de la justice. Mon attachement aux idées nouvelles vous surprend, monsieur Germain. Nous ne nous connaissons que depuis peu de temps. Vous ne savez pas que mon père m'apprit à lire dans le Contrat social et dans l'Évangile. Un jour, dans une promenade, il me montra Jean Jacques. Je n'étais qu'une enfant, mais je fondis en larmes en voyant le visage assombri du plus sage des hommes. J'ai grandi dans la haine des préjugés. Plus tard, mon mari, qui professait comme moi la philosophie de la nature, voulut que notre fils s'appelât Émile et qu'on lui enseignât à travailler de ses mains. Dans sa dernière lettre, écrite il y a trois ans à bord du navire sur lequel il périt quelques jours après, il me recommandait encore les préceptes de Rousseau sur l'éducation. Je suis pénétrée de l'esprit nouveau. Je crois qu'il faut combattre pour la justice et pour la liberté.

— Comme vous, madame, soupira Germain, j'ai horreur du fanatisme et de la tyrannie ; j'aime comme vous la liberté, mais mon âme est sans force. Ma pensée s'échappe à chaque instant de moi-même. Je ne m'appartiens pas, et je souffre.

La jeune femme ne répondit pas. Un vieillard poussa la grille et s'avança les bras levés, en agitant son chapeau. Il ne portait ni poudre ni perruque. Des cheveux gris et longs tombaient des deux côtés de son crâne chauve. Il était entièrement vêtu de ratine grise ; ses bas étaient bleus, ses souliers sans boucles.

— Victoire ! victoire ! s'écriait-il. Le monstre est en notre pouvoir et je vous en apporte la nouvelle, Sophie !

— Mon voisin, je viens de l'entendre de monsieur Germain que je vous présente. Sa mère était à Angers l'amie de ma mère. Depuis six mois qu'il est à Paris il veut bien venir me voir de temps en temps au fond de mon ermitage. Monsieur Germain, vous voyez devant vous mon voisin et ami, monsieur Franchot de La Cavanne, homme de lettres.

— Dites : Nicolas Franchot, laboureur.

— Je sais, mon voisin, que c'est ainsi que vous avez signé vos mémoires sur le commerce des grains. Je dirai donc, pour vous plaire et bien que je vous croie plus habile à manier la plume que la charrue, monsieur Nicolas Franchot, laboureur.

Le vieillard embrassa Germain et s'écria :

— Elle est donc tombée, cette forteresse qui dévora tant de fois la raison et la vertu ! Ils sont tombés, les verrous sous lesquels j'ai passé huit mois sans air et sans lumière. Il y a de cela trente et un ans, le 17 février 1768, ils m'ont jeté à la Bastille pour avoir écrit une lettre sur la tolérance. Enfin, aujourd'hui, le peuple m'a vengé. La raison et moi nous triomphons ensemble. Le souvenir de ce jour durera autant que l'univers : j'en atteste ce soleil qui vit périr Hipparque et fuir les Tarquins.

La voix éclatante de M. Franchot effraya le petit Émile qui saisit la robe de sa mère. Franchot, apercevant tout à coup l'enfant, l'éleva de terre et lui dit avec enthousiasme :

— Plus heureux que nous, enfant, tu grandiras libre !

Mais Émile, épouvanté, renversa la tête en arrière et poussa de grands cris.

— Messieurs, dit Sophie en essuyant les larmes de son fils, vous voudrez bien souper avec moi. J'attends monsieur Duvernay, si toutefois il n'est pas retenu auprès d'un de ses malades.

Et se tournant vers Germain :

— Vous savez que monsieur Duvernay, médecin du roi, est électeur de Paris hors les murs. Il serait député à l'Assemblée nationale si comme monsieur de Condorcet, il ne s'était pas dérobé par modestie à cet honneur. C'est un homme de grand mérite ; vous aurez plaisir et profit à l'entendre.

— Jeune homme, dit Franchot par surcroît, je connais monsieur Jean Duvernay et je sais de lui un trait qui l'honore. Il y a deux ans, la reine le fit appeler pour soigner le dauphin atteint d'une maladie de langueur. Duvernay habitait alors Sèvres, où une voiture de la cour le venait prendre chaque matin pour le conduire à Saint-Cloud auprès de l'enfant malade. Un jour, la voiture rentra vide au château. Duvernay n'était pas venu. Le lendemain, la reine lui en fit des reproches :

"-- Monsieur, lui dit-elle, vous aviez donc oublié le dauphin ?

"-- Madame, répondit cet honnête homme, je soigne votre fils avec humanité, mais hier j'étais retenu auprès d'une paysanne en couches.

— Eh bien ! dit Sophie, cela n'est-il pas beau et ne devons-nous pas être fiers de notre ami ?

— Oui, cela est beau, répondit Germain.

Une voix grave et douce s'éleva près d'eux.

— Je ne sais, dit cette voix, ce qui excite vos transports ; mais j'aime à les entendre. On voit en ce temps-ci tant de choses admirables !

L'homme qui parlait ainsi portait une perruque poudrée et un jabot de fine dentelle. C'était Jean Duvernay ; Germain reconnut son visage pour l'avoir vu en estampe dans les boutiques du Palais-Royal.

— Je viens de Versailles, dit Duvernay. Je dois au duc d'Orléans le plaisir de vous voir en ce grand jour, Sophie. Il m'a amené, dans son carrosse, jusqu'à Saint-Cloud. J'ai fait le reste du chemin de la manière la plus commode : je l'ai fait à pied.

En effet, ses souliers à boucle d'argent et ses bas noirs étaient couverts de poussière. Émile attacha ses petites mains aux boutons d'acier qui brillaient sur l'habit du médecin, et Duvernay, le pressant sur ses genoux, sourit quelques instants aux lueurs de cette petite âme naissante. Sophie appela Nanon.

Une grosse fille parut, elle prit et emporta dans ses bras l'enfant dont elle étouffait, sous les baisers sonores, les cris désespérés.

Le couvert était mis dans la gloriette. Sophie suspendit son chapeau de paille à une branche de saule : les boucles de ses cheveux blonds se répandirent sur ses joues.

— Vous souperez le plus simplement du monde, dit-elle, à la manière anglaise.

De la place où ils s'assirent, ils découvraient la Seine et les toits de la ville, les dômes, les clochers. Ils restèrent silencieux à ce spectacle, comme s'ils voyaient Paris pour la première fois. Puis ils parlèrent des événements du jour, de l'Assemblée, du vote par tête, de la réunion des Ordres et de l'exil de M. Necker. Ils étaient tous quatre d'accord que la liberté était à jamais conquise. M. Duvernay voyait s'élever un ordre nouveau et vantait la sagesse des législateurs élus par le peuple. Mais sa pensée restait calme, et parfois il semblait qu'une inquiétude se mêlât à ses espérances. Nicolas Franchot ne gardait point cette mesure. Il annonçait le triomphe pacifique du peuple et l'ère de la fraternité. En vain le savant, en vain la jeune femme lui disaient :

— La lutte commence seulement et nous n'en sommes qu'à notre première victoire.

— La philosophie nous gouverne, leur répondait-il. Quels bienfaits la raison ne répandra-t-elle pas sur les hommes soumis à son tout-puissant empire ? L'âge d'or imaginé par les poètes deviendra une réalité. Tous les maux disparaîtront avec le fanatisme et la tyrannie qui les ont enfantés. L'homme vertueux et éclairé jouira de toutes les félicités. Que dis-je ! Avec l'aide des physiciens et des chimistes, il saura conquérir l'immortalité sur la terre.

En l'entendant, Sophie secoua la tête.

— Si vous voulez nous priver de la mort, dit-elle, trouvez-nous donc une fontaine de jouvence. Sans cela votre immortalité me fait peur.

Le vieux philosophe lui demanda en riant si la résurrection chrétienne la rassurait davantage.

— Pour moi, dit-il après avoir vidé son verre, je crains bien que les anges et les saints ne se sentent portés à favoriser le chœur des vierges aux dépens de celui des douairières.

— Je ne sais, répondit la jeune femme d'une voix lente, en levant les yeux, je ne sais de quel prix sont aux yeux des anges ces pauvres charmes formés du limon de la terre ; mais je crois que la puissance divine saura mieux réparer les outrages du temps, s'il en est besoin dans un tel séjour, que votre physique et votre chimie ne pourront jamais y parvenir en ce monde. Vous qui êtes athée, monsieur Franchot, et qui ne croyez pas que Dieu règne dans les cieux, vous ne pouvez rien comprendre à la Révolution qui est l'avènement de Dieu sur la terre.

Elle se leva.

La nuit était venue, et l'on voyait au loin la grande ville s'étoiler de feux.

Tandis que les deux vieillards

raisonnaient ensemble dans la gloriette, Germain offrit son bras à Sophie et ils se promenèrent tous deux dans les sombres allées. Elle lui en contait le nom et l'histoire.

— Nous sommes dans l'allée de Jean-Jacques, qui conduit au salon d'Émile. Cette allée était droite, je l'ai recourbée pour qu'elle passât sous le vieux chêne. Il donne, tout le jour, de l'ombre à ce banc rustique que j'ai appelé "le Repos des amis". Asseyons-nous un moment sur ce banc.

Germain entendait dans le silence les battements de son cœur.

— Sophie, je vous aime, murmura-t-il en lui prenant la main.

Elle la retira doucement, et, montrant au jeune homme les feuilles qu'une brise légère faisait frissonner :

— Entendez-vous ?

— J'entends le vent dans les feuilles.

Elle secoua la tête et dit d'une voix douce comme un chant :

— Germain ! Germain ! Qui vous dit que c'est le vent dans les feuilles ? Qui vous dit que nous sommes seuls ? Seriez-vous donc aussi de ces âmes vulgaires qui n'ont rien deviné du monde mystérieux ?

Et, comme il l'interrogeait d'un regard plein d'anxiété :

— Monsieur Germain, lui dit-elle, veuillez monter dans ma chambre. Vous trouverez un petit livre sur la table et vous me l'apporterez…

Il obéit. Tout le temps qu'il fut absent, la jeune veuve regarda le feuillage noir qui frissonnait au vent de la nuit. Germain revint avec un petit livre à tranches dorées.

— Les Idylles de Gesner ; c'est bien cela, dit Sophie ; ouvrez le livre à l'endroit qui est marqué, et, si vos yeux sont assez bons pour lire au clair de lune, lisez.

Il lut ces mots :

"Ah ! souvent mon âme viendra planer autour de toi ; souvent, lorsque, rempli d'un sentiment noble et sublime, tu méditeras dans la solitude, un souffle léger effleurera tes joues : qu'un doux frémissement pénètre alors ton âme ! "

Elle l'arrêta :

— Comprenez-vous maintenant, mon ami, que nous ne sommes jamais seuls, et qu'il est des mots que je ne pourrai pas entendre tant qu'un souffle venu de l'Océan passera dans les feuilles des chênes ?

Les voix des deux vieillards se rapprochaient.

— Dieu, c'est le bien, disait Duvernay.

— Dieu, c'est le mal, disait Franchot, et nous le supprimerons.

Tous deux, en même temps que Germain, prirent congé de Sophie.

— Adieu, messieurs, leur dit-elle. Crions : "Vive la liberté et vive le roi ! " Et vous, mon voisin, ne nous empêchez pas de mourir quand nous en aurons besoin.

DANS LA BRUME

Par Wladyslaw Reymont (Prix Nobel 1924)[2]

À Charles Cottet,
Le grand poète de la mer et de la tristesse.

Le soleil planait très bas au-dessus de l'océan comme un oiseau fatigué qui, péniblement, traîne ses ailes d'or ; et les rivages élevés, les hautes masses des arbres, les rochers agrestes vomis par les eaux, les gueules ouvertes des baies, les mâts courbés, les tours des églises et les solitaires menhirs semblaient se pencher vers lui et tendre leurs bras suppliants pour le retenir — mais le soleil pâle, troublé, effaré, s'enfuyait, tombait toujours plus vite, car en haut, par le ciel sombre, couraient les corps monstrueux et gris des nuages ; ils venaient du nord, rampaient menaçants du midi, coulaient en foule innombrable de l'orient, se suivaient pas à pas, s'unissaient en une demi-sphère, en une meute furieuse, affamée.

---

[2] *Traduit par E.-L. Wagner.*

Par moments, le jour s'assombrissait, car certains nuages détachés en avant, entremêlés en un vol fou, se précipitaient aveuglément comme des bêtes écumantes dans les abîmes fuligineux du soleil.

Le jour frémit d'inquiétude ; par le monde passait la frayeur, toutes les voix étaient mortes, toute créature retenait son souffle ; l'océan s'immobilisa ; ce fut le calme de l'attente, le calme de l'effroi ; seules les eaux murmuraient en reculant impuissantes dans les précipices de la crainte et du silence, seuls, les derniers sanglots des dernières lames parmi les rochers armés de crocs noirs, et le clapotis douloureux des longues langues d'écume agrippées aux pierres.

Soudain le jour s'effrita.

De tous côtés les nuages atteignirent le soleil et s'effondrant sur lui le mirent en lambeaux flamboyants, le dévorèrent avidement de leurs mâchoires boueuses ; il s'éteignit dans le gouffre de ces gueules immondes.

Une ombre triste, cendrée, s'épandit sur le jour aveugle.

Au loin, très loin s'éleva, grave, un sourd grondement.

Puis un insondable et mortel silence.

Par le monde quelque chose d'inconcevable s'accomplissait.

Sur les eaux livides de l'océan s'avançait lourdement l'Inconnu.

La terre frissonna, les mouettes chassées par la frayeur s'enfuyaient de leurs nids rocheux, les arbres eurent des murmures de crainte.

Et du village de pêcheurs semé autour de la baie, des ruelles étroites, des maisonnettes en granit, des routes blanches bordées de chênes tordus s'élançaient des femmes vêtues de noir ; les sabots claquetaient sur le granit, les cornettes blanches tremblaient et les rubans flottaient derrière elles.

Elles allaient vite au bord de l'océan, par deux, par trois, par quatre, comme des lames courtes, écumeuses, avant la tempête ; elles s'arrêtaient immobiles parmi les rochers et leurs yeux inquiets erraient sur les eaux livides, leurs yeux, avec frayeur, fouillaient les ténèbres comme des oiseaux qui tenteraient vainement d'apercevoir la terre.

Pas une voile ne s'inclinait sur l'onde grise, pas une traînée de fumée ne se dessinait, pas un clapotis ne scintillait dans l'espace.

Et les sabots claquetaient sans cesse. Hors des ruelles étroites, des maisonnettes en granit, des routes blanches, les femmes s'élançaient ; elles allaient par deux, par trois, par quatre ; elles tricotaient des bas et s'avançaient fixant les lointains gris, elles allaient rapides ; les cornettes tremblaient et les rubans blancs flottaient derrière elles.

Elles grimpaient sur les pentes abruptes, sur les masses élevées de rochers jetés au loin dans la mer par la main des cyclopes, vers la chapelle svelte. poussée entre les hauts blocs de granit étages, et regardaient le désert de l'océan, écoutant le calme avec crainte.

Puis elles s'assirent en rang au bord du précipice comme des oiseaux de deuil à têtes blanches ; elles tricotaient des bas, les aiguilles scintillaient entre leurs mains et parfois un murmure s'échappait de leurs lèvres pâlies. Assises immobiles, elles fixaient les flots silencieux, opaques, et leurs âmes glissaient sur les profondeurs de l'horizon, planaient au-dessus des sombres gouffres déserts, fouillaient les eaux livides, appelant de leurs voix muettes et douloureuses.

Pas une voile n'émergeait des abîmes et le silence ne répondit par aucun clapotis de rames.

Vers les cœurs en détresse s'avançait lourdement l'Inconnu.

Alentour quelque chose d'inconcevable s'accomplissait.

C'était comme si soudain le ciel se fût effondré ; les corps gigantesques des nuages fondirent sur la terre et les eaux, en masses monstrueuses de brumes grises.

Un insondable tourbillon s'éleva, ouragan muet de poussière et, silencieusement, les brouillards couvrirent le monde. Ils s'élevaient des eaux en trombe vacillante, montaient de terre, emmêlés, et les inépuisables cratères du ciel soufflaient des colonnes de fumée pâle qui rampait lentement, jaillissait en fontaines, s'épandait de plus en plus largement et coulait sans trêve comme une mer écu mante de grisaille et de tristesse.

Les femmes se hélaient entre elles et, errant parmi les tourbillons, s'assemblaient sous la chapelle, se blottissaient contre les murs, s'asseyaient sur le seuil ; leurs aiguilles scintillaient toujours et elles regardaient le monde avec une inquiétude croissante.

Déjà le village était noyé dans la grisaille ; déjà les plus hauts faîtes des chênes se balançaient en ombres fugitives ; comme vus à travers l'eau, les menhirs veillant depuis des siècles sur les bords n'étaient que des silhouettes vagues, et l'océan glissait lentement dans les profondeurs troubles, brillant encore parfois sous les blancheurs comme un œil qui s'endort ; puis il retomba dans les tourbillons ; à la fin, tout fut gris et s'effondra en poussière dans les abîmes du néant.

Sous la chapelle, par moments, murmurait une voix effrayée, parfois un sabot frappait le sol, ou bien s'élevait la plainte douloureuse d'un sanglot. Puis venaient les longues, lourdes et douloureuses minutes de silence. Soudain, dans ce calme mortel, s'éleva un son perçant, une cloche sonna quelque part loin, loin...

— On sonne à Sainte-Anne ! dit une voix. Et tout de suite, comme venue des profondeurs des eaux, errante parmi les brumes, une autre cloche répondit doucement.

— C'est de Saint-Philibert de Tréguen qu'on sonne ! s'écria quelqu'un. Puis une troisième cloche résonna très haut près du ciel comme l'écho des chœurs des anges.

— C'est à Sainte-Joséphine qu'on sonne !

Puis une quatrième répondit, une cinquième et d'autres, plus loin, qu'on entendait à peine. À chaque instant s'ajoutait une voix nouvelle, aussitôt, d'un autre côté, s'élevait une chanson ; et parfois toutes les cloches frappaient à l'unisson, en un chœur de bronze immense sur l'univers, comme un cortège d'oiseaux sanglotants.

Soudain cet harmonieux accord se rompait et se dispersait ; il n'y avait alors que des voix solitaires, cris de frayeur, appels de noyés, pleurs d'enfants, perdus dans les abîmes gris.

Les brumes, comme déchirées par les voix inlassables des cloches, s'agitèrent violemment ; ce fut un fourmillement noir et dans l'espace les flots clapotèrent ; la respiration de l'océan, étouffée, lourde, s'exhala. Un vent chaud soufflait de la terre, pénétrait silencieusement au travers des brumes, baisant câlinement les yeux en pleurs des femmes, et s'enfuyant effrayé, se perdait dans le silence.

Et toujours les cloches appelaient les égarés ; elles appelaient comme des mères en détresse, de la voix profonde de l'inquiétude ; tout le rivage résonnait d'un sanglot de bronze comme si la terre entière eût douloureusement supplié l'océan d'être pitoyable.

Dans un silence mortel les femmes pénétrèrent dans la chapelle et, parmi la brume épaisse qui planait, s'agenouillèrent par deux, par trois, par quatre.

Sur un autel bas, sculptée en granit, dans l'or et le bleu de ses habits, la Sainte Vierge se dressait avec l'Enfant. À la lumière éparse des lampes, sa main tendue, sa figure pâle et ses yeux immobiles apparaissaient à peine.

Elles s'agenouillaient humblement et, s'inclinant jusqu'à terre murmuraient de ferventes prières. Une jeune fille saisit la corde qui pendait devant l'autel et se mit à sonner. Elle se penchait lentement, rythmiquement, les yeux fixés dans les yeux sacrés, immobiles ; elle sonnait l'alarme, elle faisait savoir aux égarés sur l'océan qu'ici on veillait, on s'effrayait, on pleurait.

Le murmure des prières tombait comme une pluie lourde et silencieuse ; par instants des soupirs, des sanglots étouffés s'élevaient ; parfois des mains se tendaient suppliantes et la cloche battait incessamment comme ces cœurs alarmés, et, dans l'espace embrumé, d'autres lui répondaient, lointaines ou proches, d'une même plainte alanguie, comme tous ces cœurs qui, là-bas, quelque part sur les rivages déserts, dans les misérables hameaux de pêcheurs, sur les rochers solitaires, tremblaient d'une frayeur mortelle.

Les femmes avaient rampé jusque devant l'autel et de leurs âmes torturées s'échappa un chant suppliant, plein de larmes :

Ave, Ave, Ave Maria !
Les Saints et les Anges
En chœurs glorieux
Chantent vos louanges,
Ô reine des cieux !

À tirer la corde les femmes alternaient et la cloche ne se taisait pas un moment. Elle sanglotait, gémissait, suppliait dans sa douleur comme ces chants à la Sainte-Vierge.

Ave, Ave, Ave Maria !
Soyez le refuge
Des pauvres pécheurs.
Ô mère du Juge
Qui sonde les cœurs.

Mais les barques ne revenaient pas. Déjà la nuit, titubant parmi les flots déchaînés, jetait sur le monde son ombre lugubre. Les brumes noircies se fondaient en une pluie fine et froide. Quelquefois on entendait le vent harceler les arbres ou l'océan rugir une menace ; puis un silence encore plus profond retombait, dans lequel la voix des cloches, en colonnes sonores, semblait atteindre le ciel pour appeler Dieu, et les chants des femmes, les supplications sanglantes, s'éclaboussaient sans écho comme des cris d'oisons dans les abîmes de la nuit. Durant de longues heures infinies elles priaient avec ferveur, fixant les yeux immobiles de la Sainte-Vierge ; leurs âmes s'évanouissaient déjà d'inquiétude, lorsque quelqu'un cria :

— Des lumières en mer !

La cloche se tut, le chant s'interrompit ; elles s'élancèrent sur le rivage et, s'accrochant aux rochers, elles fouillaient des yeux l'obscurité.

Assez près, semblait-il, sur la route de la baie, des scintillements multiples s'élevaient sur les flots invisibles, en une phosphorescence fugitive et se perdaient ensuite pour d'interminables minutes. Les femmes essuyaient leurs yeux en pleurs et, le souffle contenu, appliquant l'oreille contre terre, cueillaient avidement les échos lointains encore, à peine perceptibles, des voix et le clapotis des rames.

— Ils reviennent ! Ils reviennent !

Les appels s'élancèrent dans la brume en un cortège de voix chanteuses.

— Ils reviennent ! Allez sonner ! Ils entrent dans les rochers ! Des lumières !

La cloche, de nouveau, retentit dans la chapelle et, sur le rivage, parmi les tourbillons opaques, des cercles de lumière battirent comme des papillons d'or. Les sabots claquetèrent. un tumulte joyeux éclata ; des cris se croisaient comme de gais chants d'oiseaux, car, de plus en plus proches, les rames frappaient l'eau ; des filets de lumière rampaient lentement hors des profondeurs en pointes acérées et, derrière eux, émergeait toute une masse composée de brume et d'ombre. Une file de bateaux se dessinait de plus en plus distinctement.

— Qui est en avant ? Qui ? — demandaient-elles penchées sur l'Océan.

— La « *Sainte-Barbe* » — répondit-on de la brume.

Plusieurs femmes s'élancèrent vers le port.

— Vous revenez tous ?

— Nous ne savons pas. Nous nous sommes perdus dans le brouillard !

— La pêche est-elle bonne ? Qui c'est qui répond ?

— La « *Rosa Mystica* » !

— Qui c'est qui vient après vous ?

— « *Trois Étoiles* » ?

Les appels se croisaient entre le rivage et la brume.

Les femmes se heurtaient dans l'obscurité, pressaient le pas vers le port, et le cortège de silhouettes brumeuses pénétrait dans la baie ; les eaux bouillonnaient, déchirées parles avants pointus ; les rames battaient l'eau en cadence, les agrès libres grinçaient.

Et, sur le littoral, les cloches se taisaient ; à chaque moment, d'un autre côté, les sons disparaissaient, la nuit devenait silencieuse. À travers les brumes noires qui retombaient en pluie toujours plus épaisse, les lumières de lanternes invisibles couraient sur les eaux comme des yeux vigilants, et le port s'animait de plus en plus.

À tout moment, on abordait : une barque noire s'élançait sur le rivage comme un poisson et se couchait sur le flanc. Le rivage fourmillait de lumières dans lesquelles les brumes tremblaient comme des haillons sales, comme des filets mouillés, déchirés ; les sabots claquetaient, les portes claquaient, les rires joyeux jaillissaient ainsi que les appels de bienvenue ; à tout moment un groupe disparaissait dans les maisonnettes de granit, les ruelles étroites ou les gueules embrumées des routes.

Cependant la cloche, dans la chapelle, hélait encore plaintivement car il manquait trois barques, et un groupe de femmes veillait sur les rochers.

Mais avant minuit deux d'entre elles revinrent et, comme l'équipage ayant ramassé les filets, se dirigeait vers les maisons, une vieille lui barra le chemin.

— « *Je Cherche* » est-elle loin ?— demanda-t-elle tout bas.

— Savons pas, la mère. Tout de suite après midi le brouillard et le vent nous ont saisis. Nous nous sommes perdus. Peut-être qu'elle vient derrière nous, peut-être qu'elle s'est égarée ou ben qu'elle attend près des Sirènes que le brouillard soit tombé. Le temps est mauvais ; au large le flot vient d'en bas, le vent est court et le brouillard étouffe ; c'est seulement près des rochers que nous avons entendu les cloches. Ayez pas peur, y reviendront au matin. Bonne nuit, mère Caradec !

Elle ne répondit pas, elle écoutait l'océan.

Depuis longtemps déjà, le rivage s'était tu ; les derniers paniers de poissons avaient été enlevés des barques, quelque part la dernière porte s'était refermée, le dernier cabaret était clos et la dernière fenêtre s'était éteinte ; la mère Caradec veillait encore. Elle attendait son fils et sa fière « *Je Cherche* ». Elle attendait.

La nuit retomba silencieuse, obscure, humide. Les brumes enveloppaient le monde de leurs voiles noirs, mouillés, sur lesquels de temps en temps brillaient les éclats argentés de lumières lointaines. L'océan s'effondrait lourdement dans l'obscurité, les eaux s'amassaient ; on entendait la foule tumultueuse des vagues sortir des profondeurs et éclabousser les bords avec une plainte. La lutte sauvage, acharnée, avec la terre, recommençait.

Le village dormait, les maisonnettes en granit s'étaient assoupies, et les ruelles étroites, les routes interminables reposaient inertes au fond de la nuit.

Dans la chapelle déserte, embrumée, une lampe brûlait et parmi les reflets tremblants, dorés, émergeait, spectrale, la figure violette de la Sainte-Vierge et ses yeux immobiles regardaient à travers le brouillard, à travers le monde entier.

Assise sur le seuil, la mère Caradec égrenait un chapelet.

Patiemment elle attendait son fils et sa « *Je Cherche* ».

La pluie filtrait sans cesse et la frappait à la tête avec un murmure monotone assoupissant. Parfois les lames du flux crachaient sur elle une immonde écume salée ; mais elle ne sentait pas le froid ; absorbée dans sa prière elle ne savait ce qui se passait autour d'elle.

Elle disait son chapelet, pesant longtemps chaque grain, murmurant chaque mot avec un infini amour ; cette prière la défendait contre l'inquiétude et la frayeur dont les serpents flamboyants enveloppaient son cœur en des étreintes étouffantes. Par moments elle oubliait la prière, le chapelet s'échappait de ses mains et ses yeux se dirigeaient, craintifs, dans l'obscurité menaçante et lugubre.

Elle cherchait son fils là bas et ne trouvait que l'effroi, car, venus des brumes, les terribles fantômes du passé entouraient son âme.

Ils éveillèrent en elle les anciennes minutes maudites et douloureuses.

— Ayez pitié de moi ô Mère de miséricorde ! — murmurait-elle suppliante, revenant dans le cercle des reflets dorés. Et, comme un oison abandonné, elle se blottissait confiante aux pieds de la statue sacrée ; elle voulait s'enfuir loin de ces fantômes lugubres ; mais les anciennes douleurs, les anciens désespoirs, comme des cadavres, se levaient des tombes de l'oubli.

Comme maintenant, elle avait jadis attendu son mari, à cette même place, par une semblable nuit embrumée d'automne.

Et il n'était pas revenu.

— Mère pleine de miséricorde, ayez pitié de moi!, sanglotait-elle désespérément.

Un nouveau souvenir rampa hors des antres de la mémoire ; un cortège de souffrances ressuscitées lui déchirait le cœur.

Comme maintenant, elle avait jadis attendu son fils aîné par une nuit terrible d'ouragan. Aux pieds de cette même Vierge elle avait mendié la miséricorde.

Et il n'était pas revenu.

Une tempête de frayeur soudaine, terrible, l'arracha de sa place et la jeta devant l'autel, devant le visage pâle, à peine visible. Les yeux immobiles regardaient parmi les reflets dorés, la transperçaient de part en part, froidement, impitoyablement.

Elle se leva avec un cri de folie et s'enfuit sur le rivage. Errante parmi les rochers, se heurtant dans les ténèbres, elle cria longtemps désespérément ; elle appela son fils et supplia l'univers d'avoir pitié.

L'océan, sous les amas noirs de brume et de nuit s'agitait lugubrement ; les lames du flux s'élevaient des profondeurs, s'élançaient de plus en plus haut et, frappant les rochers, avec fracas, s'effondraient dans les abîmes. L'hymne des puissances terribles s'étendait dans l'infini et cette voix d'une âme maternelle fatiguée était comme le bruissement d'une feuille qui tombe à côté du tonnerre ; ses larmes, ses détresses, ses espérances, toute la souffrance de la vie humaine pesaient telle une plume emportée par l'ouragan, c'était une goutte, un frisson perdu pour toujours dans le chaos : elle n'était rien.

La mère Caradec ayant senti cette impuissance infinie se glissa humblement dans la chapelle, saisit la corde et secoua la cloche de toutes ses forces, de toute la force de l'espoir.

Ses yeux affolés, ses yeux suppliants, ses yeux mourants, elle les fixa sur les yeux sacrés, immobiles, avec une plainte douloureuse.

— Faites-le revenir ! Faites-le revenir !

Et la cloche appelait d'une voix de frayeur, d'une voix de désespoir, avec la nostalgie des attentes ; elle appelait comme ce cœur de mère.

Par instants le son s'élevait violent et dans une fièvre mortelle jetait des cris sauvages, désordonnés d'agonisants — comme ce cœur de mère. Parfois, épuisée de fatigue, la cloche pleurait et se plaignait tout bas ; et parmi les sanglots déchirants, parmi les gémissements elle poussait un cri douloureux — comme ce cœur de mère.

Et soudain elle se taisait engourdie, puis explosait puissamment ; la colère l'agitait, la haine et la révolte ; comme à poings serrés elle maudissait, de la voix foudroyante des sacrifiés — comme ce cœur de mère.

Elle sonnait sans cesse, les mains secouaient la corde inconsciemment ; le dos se courbait et se relevait automatiquement ; de tout son espoir elle pendait au cœur de la cloche et de son propre cœur douloureux elle frappait le bronze ; ses yeux étaient fixés sur les yeux immobiles, sacrés.

Elle sonnait, déjà inconsciente, mais avec une foi, une confiance croissantes. Son espoir grandissait, car il lui semblait que cette main de pierre se tendait pour essuyer câlinement son visage inondé de larmes en un rang infini de perles ; il lui semblait que ces yeux immobiles avaient brillé de pitié et que ces lèvres de pierre, violettes, lui disaient quelque chose ; qu'elle entendait distinctement la douce voix de la miséricorde et de la pitié.

Et elle sonnait sans cesse, sans relâche, dans une ivresse extatique, écoutant ces murmures sacrés qui coulaient sur son âme comme un chœur d'anges, pour y porter le calme, l'apaisement et l'indicible, l'immense bonheur de l'oubli.

*

Au matin on l'arracha de la corde, déjà insensée.

Et elle retomba pour toujours dans cette autre nuit des terribles attentes.

Puis elle disparut du village ; on disait même qu'elle était morte ; mais les pêcheurs la voyaient parfois sur les rivages déserts de l'océan ; elle fixait toujours ses yeux fous sur les yeux sacrés. Immobiles, déchirait l'espace de ses mains comme si elle eût encore sonné, frappant infatigablement la cloche de l'éternelle et folle espérance...

Cependant son fils ne revint pas.

Concarneau, 30 septembre 1906.

LE CŒUR DU PRINTEMPS

William Butler Yeats (Prix Nobel 1923)[3]

Un homme très vieux, dont le visage était presque aussi décharné qu'une patte d'oiseau, était plongé dans la méditation, — assis sur le rivage rocheux de l'île plate et couverte de noisetiers qui occupe la plus grande partie du Lough[4] Gill. Un garçon de dix-sept ans au visage roux était assis auprès de lui, regardant les hirondelles qui plongeaient sur l'eau tranquille à la chasse des mouches. Le vieil homme était vêtu de velours bleu râpé, et le garçon portait une veste à frise et une coiffure bleue, avec autour du cou un rosaire de perles bleues. Derrière eux, à demi caché par les arbres, on apercevait un petit monastère. Il avait été brûlé il y avait longtemps par les hommes sacrilèges du parti de la reine, mais le garçon lui avait fait une toiture de joncs, afin que le vieil homme y pût trouver abri pendant ses derniers jours. Il n'avait pas touché de la bêche, cependant, le jardin alentour, et les roses et les

---

lys des moines se mêlaient au cercle des fougères. En arrière, celles-ci étaient si épaisses qu'un enfant debout aurait pu s'y cacher, et des noisetiers et de petits hêtres faisaient suite aux fougères.

« Maître », dit le garçon, « ce long jeûne, et le travail d'appeler, la nuit venue, avec votre bâton de frêne les êtres qui demeurent dans les eaux et parmi les noisetiers et les chênes, c'en est trop pour vos forces. Reposez-vous un peu de ce labeur, car votre main semblait plus pesante sur mon épaule et vos pieds moins assurés qu'ils ne l'ont jamais été. Les hommes disent que vous êtes plus vieux que les aigles, et pourtant vous ne voulez pas du repos qui appartient à la vieillesse ». Il parlait ardemment, impulsivement, comme si son cœur était dans ses paroles et dans ses pensées du moment ; et le vieil homme répondit lentement et d'une façon assurée, comme si son cœur était dans les jours lointains et les faits lointains : « Je vais vous dire pourquoi il ne m'a pas été possible de me reposer », dit-il. « Il est juste que vous le sachiez, car, il y a cinq ans et plus que vous me servez fidèlement, et même avec affection, ôtant par là un peu de la misère de l'isolement qui toujours est le lot des sages. Maintenant aussi, alors que le but de mes labeurs et le triomphe de mes espoirs est proche, il faut que vous sachiez tout ».

« Maître, ne pensez pas que je vous questionne. Ma tâche est d'entretenir le feu, de garder le toit des gouttières, et solide contre le vent qui voudrait l'emporter parmi les arbres, de descendre des rayons des livres pesants, d'aller chercher dans son coin le grand parchemin enluminé où se lisent les noms de ceux de la Sidhe, et tout cela, de l'accomplir avec un cœur incurieux et respectueux, car je sais très bien que Dieu dans son abondance a créé une sagesse différente pour tout ce qui existe, et faire ces choses, c'est ma sagesse à moi. »

« Vous avez peur », dit le maître, et ses yeux brillèrent d'une colère momentanée. « Parfois, la nuit, reprit le garçon, « pendant que vous étudiez, la branche de frêne en main, je regarde de la porte et vois tantôt un grand homme gris qui conduit ses pourceaux dans les noisetiers, tantôt de petites gens en bonnet rouge qui sortent du lac en poussant devant eux de petites vaches blanches. Je ne redoute pas tant ces petites gens que le grand homme gris, car, lorsqu'ils s'approchent de la maison, ils traient les vaches, ils boivent le lait mousseux et se mettent à danser, et je sais que le bien réside dans le cœur qui aime la danse, mais je les redoute tout de même. Et j'ai peur des grandes dames aux bras blancs qui sortent de l'air et se meuvent lentement çà et là, se couronnant de roses ou de lys, et secouant leur chevelure vivante, qui s'agite, je le leur ai entendu se le dire l'une à l'autre, selon le mouvement de leurs pensées, tantôt s'écartant, et tantôt se rassemblant tout contre leur tête. Leur visage est doux et beau, mais Aengus, fils de Forbis, je crains toutes ces créatures, je crains le peuple de la Sidhe, et je crains l'art qui les attire près de nous ».

« Pourquoi » dit le vieillard, « redoutez-vous les anciens dieux qui rendirent les lances des pères de vos pères toutes-puissantes dans la bataille, et les petits êtres qui sortent la nuit des profondeurs des lacs et qui chantent parmi les grillons du foyer ? Mais il me faut vous dire pourquoi j'ai jeûné et travaillé quand les autres s'abandonnent au sommeil de l'âge, car sans votre aide maintenant j'aurais jeûné et travaillé en vain. Lorsque vous aurez accompli pour moi cette dernière chose, vous pourrez aller vous bâtir une maison et travailler vos champs, vous pourrez épouser quelque jeune fille et oublier les anciens dieux. J'ai gardé toutes les pièces d'or et d'argent que m'ont donné les comtes, les chevaliers et les seigneurs pour les préserver du mauvais œil et des enchantements d'amour des sorcières, et les dames des comtes, des chevaliers et des seigneurs pour avoir empêché ceux de la Sidhe de rendre leurs vaches stériles ou de dérober le beurre des barrattes. J'ai tout gardé pour le jour où mon travail en viendrait à sa fin, et maintenant que cette fin est proche, vous ne manquerez pas d'un nombre suffisant de pièces d'or et d'argent pour vous construire un toit solide et approvisionner cave et garde-manger. Toute ma vie j'ai cherché le secret de la vie. Je ne fus pas heureux dans ma jeunesse, car je savais qu'elle passerait ; je ne fus pas heureux dans l'âge viril, parce que je savais que la vieillesse venait ; aussi, pendant ma jeunesse, mon âge viril et ma vieillesse, j'ai continuellement cherché le Grand Secret. Je convoitais une vie dont l'abondance pût remplir des siècles, j'ai méprisé cette vie de quatre fois vingt hivers. J'ai voulu être — je le serai ! — comme les Anciens Dieux de la terre. Dans ma jeunesse je trouvai, dans un monastère espagnol, un manuscrit hébreu où je lus qu'il est un moment, lorsque le soleil est entré dans le Bélier et avant qu'il ait passé dans le Lion, qui frémit du Chant des Immortels Pouvoirs, et que celui qui découvre ce moment et qui écoute ce Chant devient comme les Immortels Pouvoirs eux-mêmes. Je revins en Irlande et je demandai aux hommes de savoir s'ils connaissaient ce moment, mais bien qu'ils en eussent tous entendu parler, nul n'avait pu trouver le moment sur le sablier. Je m'adonnai donc à la magie, et je passai ma vie dans le jeûne et le travail afin d'amener les Dieux et les

Fées près de moi ; et l'un du peuple féerique vient de me dire que le moment approche. Un, coiffé de rouge, les lèvres blanches de la mousse du lait nouveau, me l'a chuchoté à l'oreille. Demain, un peu avant la fin de la première heure après l'aube, ce sera le moment, et alors je serai transporté dans un pays du sud où je me bâtirai un palais de marbre blanc parmi les orangers, je rassemblerai autour de moi les braves et les beaux, et j'entrerai dans l'éternel royaume de ma jeunesse. Mais, afin de pouvoir entendre le Chant tout entier, le petit être aux lèvres blanchies par la mousse du lait nouveau m'a dit qu'il faut que vous entassiez de grandes masses de branches vertes devant la porte et la fenêtre de ma chambre, et il vous faut joncher le sol de joncs frais et verts, et recouvrir la table et les joncs des roses et des lys des moines. Il vous faut accomplir cette tâche cette nuit, et le matin, vers la fin de la première heure après l'aube, vous viendrez me retrouver.

« Serez-vous vraiment jeune alors ? » demanda le garçon.

« Je serai alors aussi jeune que vous l'êtes, mais maintenant je suis encore vieux et fatigué, et il vous faut m'aider à regagner ma chaise et mes livres.

Quand le garçon eût mené Aengus fils de Forbis dans sa chambre, et qu'il eût allumé la lampe, qui, par quelque invention du magicien répandait une douce odeur de fleurs étrangères, il alla au bois couper des branches vertes de noisetiers, et de grands paquets de joncs au bord ouest de l'île où les petits rochers font place à une pente douce de sable et d'argile. La nuit survint avant qu'il en eût coupé assez pour son dessein, et il était presque minuit quand il porta le dernier faix à sa place, et s'en fut chercher les roses et les lys. C'était une de ces nuits belles et chaudes où il semble que tout soit fait de pierres précieuses. Le bois de Sleuth, tout au sud, semblait sculpté dans du béryl vert, et les eaux qui le reflétaient luisaient comme de pâles opales. Les roses qu'il cueillait étaient comme des rubis brillants, et les lys avaient le lustre un peu terne de la perle. Tout avait pris l'air des choses impérissables, sauf un ver luisant, dont la faible clarté brûlait avec constance parmi les ombres, se déplaçant lentement çà et là, seule chose qui semblait vivante, seule chose qui semblât périssable comme l'espoir mortel. Le garçon cueillit une grande brassée de roses et de lys, et plaçant le ver luisant dans les perles et les rubis, il les porta dans la pièce où le vieillard était assoupi. Brassée après brassée, il les disposa sur le sol et sur la table, et alors, fermant doucement la porte, il se jeta sur son lit de joncs pour rêver d'une vie paisible, la femme choisie auprès de lui, et le rire d'enfants à ses oreilles. Dès l'aube il se leva et se rendit au bord du lac, emportant le sablier. Il mit du pain et un flacon de vin dans le bateau, afin que son maître ne manquât pas de quoi boire et manger pour commencer son voyage, et puis il s'assit pour attendre que la première heure après l'aube se fût écoulée. Graduellement, les oiseaux se mirent à chanter, et lorsque les derniers grains de sable tombèrent, tout sembla soudain déborder de leur musique. C'était le plus beau et le plus vivant moment de l'année ; on entendit battre le cœur du printemps. Il se leva et s'en fut retrouver son maître. Les branches vertes obstruaient la porte, et il dut se frayer un chemin au travers. Lorsqu'il entra dans la pièce, les rayons du soleil jouaient en cercles vacillants sur le sol, sur les murs et sur la table, et tout était plein de douces ombres vertes. Le vieil homme était assis là, une grande gerbe de roses et de lys dans les bras, la tête penchée sur sa poitrine. Sur la table, à sa gauche, se trouvait un sac plein de pièces d'or et d'argent, comme pour un voyage, et à sa droite un long bâton. Le garçon le toucha et il ne fit pas un mouvement. Il souleva ses mains, elles étaient complètement froides et elles retombèrent lourdement.

« Il aurait mieux fait, dit le garçon, de dire son chapelet et ses prières tout comme un autre, et de ne pas consacrer ses jours à chercher parmi les Immortels Pouvoirs ce qu'il aurait trouvé dans ses actions et dans ses jours s'il l'avait voulu. Ah, oui, il aurait mieux fait de dire ses prières, et de baiser son chapelet ! Il regarda le velours bleu râpé. Il était recouvert du pollen des fleurs, et tandis qu'il le regardait, une grive, qui s'était perchée dans les branches empilées devant la fenêtre, se mit à chanter.

L'HOMME QUI VOULUT ÊTRE ROI

Par Rudyard Kipling (Prix Nobel 1907)[5]

Le commencement de tout, ce fut dans le train sur la route d'Ajmir à Mhow. Un déficit budgétaire, survenu à cette époque, nécessitait le voyage non pas en secondes classes, qui ne coûte que la moitié du prix des premières, mais en classe intermédiaire, ce qui est absolument odieux. Il n'y a pas de banquettes rembourrées en classe intermédiaire, et le public y est soit intermédiaire, c'est-à-dire Eurasien, soit indigène, ce qui finit par incommoder au bout d'un long trajet, soit de l'espèce vagabond, gens d'esprit quoique ivrognes. Les intermédiaires ne patronnent pas les buffets de chemin de fer. Ils portent leurs vivres dans des paquets ou des pots, achètent des sucreries au marchand de bonbons indigène et boivent l'eau le long des routes. C'est pourquoi, en été, on les extrait parfois défunts de leurs compartiments et qu'en toutes saisons on leur témoigne, à juste titre, un minimum de considération.

---

[5] *Traduit par Louis Fabulet.*

Mon compartiment, à moi, resta vide par hasard jusqu'à la gare de Nasirabad où un monsieur de considérable prestance et en bras de chemise y pénétra, et, selon la coutume des intermédiaires, se mit incontinent à l'aise. C'était un errant et un vagabond, comme moi-même ; doué, par surplus, d'un goût cultivé pour le whiskey. Il racontait des choses vues ou accomplies en tels coins perdus de l'empire où il avait pénétré, des épisodes de vie risquée pour la subsistance de quelques jours. « Si l'Inde ne comptait que des gens comme vous et moi, qui ne savent pas plus que les corbeaux où ils prendront leur ration du lendemain, ce n'est pas soixante-dix millions de revenu que produirait le pays, mais sept cents millions », disait-il, et, à regarder sa bouche et ses mâchoires, je me sentais enclin à partager son avis. Nous parlâmes politique, — cette politique des gueux et de leur république qui voit l'envers des choses, le côté dont on n'a point poli les lattes ni le plâtras, et nous causâmes organisation postale, parce que mon ami voulait envoyer une dépêche de la prochaine station à Ajmir, où bifurque sur Mhow la ligne de Bombay, quand on vient de l'Est. Mon ami n'avait pas d'argent, sinon huit annas qu'il réservait pour son diner, et je n'avais, moi, pas d'argent du tout, en raison de l'accroc budgétaire mentionné plus haut. De plus, je m'enfonçais dans des solitudes, lesquelles, bien que je dusse y reprendre contact avec le Trésor, manquaient de bureau télégraphique. Je me trouvais en conséquence parfaitement incapable de lui venir en aide.

— On pourrait bousculer un chef de gare et lui faire expédier une dépêche à l'œil, dit mon ami, mais il s'ensuivrait des enquêtes sur vous et moi, et je suis vraiment trop occupé ces jours-ci. Vous disiez que vous reveniez par la même ligne prochainement ?

— Dans dix jours, répondis-je.

— Vous ne pourriez pas réduire à huit ? dit-il. Mon affaire est plutôt pressée.

— Je puis envoyer votre télégramme dans dix jours au plus tard, si cela peut vous rendre service, dis-je.

— Réflexions faites, j'aurais peur de manquer mon homme maintenant, si j'envoyais une dépêche. Voilà ce que c'est : il quitte Delhi le 23 pour Bombay. Cela veut dire qu'il passera à Ajmir dans la nuit du même jour.

— Mais je serai au fond du désert, expliquai-je.

— Parfaitement, dit-il. Vous changez à Marwar pour entrer dans le territoire de Jodhpore, c'est nécessaire, et lui passera à Marwar, avec la malle de Bombay, de bonne heure dans la matinée du 24. Pouvez-vous vous trouver à ce moment à la gare de Marwar ? Cela ne vous dérangera guère, je sais qu'il n'y a pas grand'-chose à faire dans ces États de l'Inde centrale — même en se faisant passer pour correspondant du *Backwoodsman*.

— Vous y êtes allé de ce truc-là? demandai-je.

— Des masses de fois, mais on se fait pincer par les résidents et ramener à la frontière avant d'avoir eu le temps d'amorcer. Mais pour l'ami dont je vous parle, il faut absolument que je lui fasse connaître de vive voix ce que je suis devenu ou bien il ne saura pas où aller. Ça serait plus que gentil à vous, si vous pouviez quitter l'Inde centrale à temps pour l'attraper à Marwar et lui dire : « Il est allé Sud pour la semaine. » Il saura ce que ça signifie. C'est un fort bonhomme avec une barbe rouge, et distingué, je vous prie de croire. Vous le trouverez dormant comme un monsieur, tous ses bagages autour de lui, en secondes. Mais n'ayez pas peur. Baissez la glace et dites : « Il est allé Sud pour la semaine. » Il se grouillera. Cela ne raccourcit que de deux jours votre séjour là-bas. Je vous le demande comme à un étranger sur la route de l'Ouest, dit-il avec emphase.

— Et vous, d'où venez-vous ? dis-je.

— De l'Est, dit-il, et j'espère que vous lui ferez la commission sans faute, pour l'amour de ma mère comme de la votre.

L'Anglais ne s'émeut guère en général d'entendre invoquer la mémoire de sa mère, mais, pour certaines raisons qui apparaîtront dans la suite, je crus devoir m'engager.

— Il s'agit de choses sérieuses, dit-il, et c'est pour cela que je vous demande de le faire — et je sais maintenant que je peux y compter. Un compartiment de secondes en gare de Marwar, et un homme roux endormi sur la banquette. Vous vous rappellerez bien. Je descends à la prochaine station et il faut que je reste là jusqu'à ce qu'il vienne ou m'envoie ce qu'il faut.

— Je ferai la commission, si je le joins, dis-je, et, pour l'amour de votre mère comme de la mienne, je vous donnerai un petit conseil. N'essayez pas de faire les États de l'Inde centrale en ce moment-ci, à titre de correspondant du *Backwoodsman*. Il y en a un vrai qui se balade par là et cela pourrait mal tourner.

— Merci, dit-il avec simplicité, et quand le pourceau s'en va-t-il ? Je ne peux pas mourir de faim parce que cela lui plaît de me gâter mon travail. Je comptais empaumer le rajah de Degumber, à propos de la veuve de son père, et lui donner le trac.

— Qu'est-ce qu'il a donc fait à la veuve de son père ?

— Bourrée de poivre rouge, pendue à une poutre par un pied et fouettée à mort à coups de babouche. J'ai découvert le pot aux roses moi-même et je suis le seul qui oserait passer les frontières de Degumber pour aller faire le prix de ma discrétion. Ils essayeront de m'empoisonner, comme à Chortumna, quand j'allai butiner par l'a. Mais vous ferez ma commission à l'homme de la gare de Marwar ?

Il descendit en route à une petite station et je me mis à réfléchir.

J'avais ouï parler plus d'une fois de ces hommes qui, assumant le personnage de correspondants de journaux, saignent les petits États indigènes en les menaçant de scandale, mais je n'avais rencontré aucun membre de leur caste auparavant. Ils mènent une dure vie et meurent généralement de mort très subite. Les États indigènes professent une salutaire horreur pour les journaux anglais, toujours susceptibles de mettre en lumière leurs méthodes originales de gouvernement, et font de leur mieux pour gorger le journaliste de champagne ou lui tourner la tête à renfort de landaus à quatre chevaux. Ils ne comprennent pas que personne ne se soucie pas plus que d'une guigne de l'administration intérieure d'un État indigène, tant que l'oppression et la criminalité s'y maintiennent dans des bornes raisonnables et tant que le chef n'y reste pas sous l'influence de l'opium, de l'eau-de-vie ou de la maladie d'un bout de l'année à l'autre. Les États indigènes furent créés par la Providence, afin de pourvoir le monde de décors pittoresques, de tigres et de descriptions. Ce sont de sombres coins de la terre, pleins d'inimaginables cruautés, qui touchent d'un côté au chemin de fer et au télégraphe et, de l'autre, aux jours d'Haroun-al-Raschid. En débarquant du train, je m'acquittai de mes affaires avec divers potentats, et passai, en huit jours, par les phases de vie les plus variées. Tantôt en frac, j'allais de pair et compagnon avec princes et Résidents, buvant dans le cristal et servi dans l'argenterie. Tantôt, vautré sur le sol nu, trop heureux de dévorer la première nourriture venue, un Chapatti me servant d'assiette, je buvais l'eau des ruisseaux et partageais la couverture de mon domestique. Tout cela rentrait dans la besogne du jour.

Puis je mis le cap sur le Grand Désert Indien à la date convenue, comme je l'avais promis, et le train de nuit me déposa à la gare de Marwar, d'où un drôle de petit va-comme-je-te-pousse de chemin de fer, à personnel indigène, bifurque sur Jodhpore. Le train postal entre Deihi et Bombay fait une courte halte à Marwar. Il arriva comme j'entrais dans la gare et j'eus à peine le temps de courir au quai et de scruter les voitures. Il n'y en avait qu'une de secondes dans le train. Je baissai la glace et découvris une barbe d'un rouge flamboyant à demi cachée par une couverture de voyage. C'était mon homme. Il dormait à poings fermés et je l'ébranlai légèrement d'un petit coup dans les côtes. Il s'éveilla en grognant et je vis sa figure à la clarté des lampes. C'était une large figure, à peau qui luisait.

— Encore les billets ? dit-il.

— Non. Je suis chargé de vous dire qu'il est allé Sud pour la semaine. Il est allé Sud pour la semaine.

Le train partait. L'homme roux se frotta les yeux et répéta :

— Il est allé Sud pour la semaine ? Ça ressemble bien à son impudence. A-t-il dit que je vous donnerais quelque chose ? Parce que je n'en ferai rien.

— Il n'a rien dit, répondis-je en sautant du marchepied.

Les fanaux rouges s'enfonçaient dans la nuit. Il faisait un froid horrible, car le vent soufflait de la région des sables. Je grimpai dans mon propre train — pas en intermédiaire cette fois — et m'endormis.

Si l'homme barbu m'avait donné une roupie, je l'aurais gardée en souvenir d'une affaire assez curieuse. Mais la conscience du devoir accompli fut ma seule récompense.

Plus tard je réfléchis que deux compères de l'espèce de mes amis ne feraient rien de bon à jouer les faux journalistes, et pourraient s'attirer des difficultés sérieuses au cas où ils voudraient appâter un de ces petits pièges à rats d'États indigènes de l'Inde centrale ou du Rajpoutana. Je pris en conséquence la peine de donner leur signalement aussi minutieux que le permettaient mes souvenirs, aux gens qui eussent pu avoir intérêt à les déporter, et je réussis, comme je l'appris plus tard, à les empêcher de franchir les frontières du Degumber.

Puis je redevins personne respectable et réintégrai mon bureau où ne se produisaient ni rois ni incidents, sauf la composition quotidienne d'un journal.

Un bureau de journal semble avoir le privilège d'attirer une inconcevable variété de personnes, au plus grand préjudice de la discipline. Des dames missionnaires arrivent et somment le directeur d'abandonner sur l'heure toutes ses obligations, afin de décrire une distribution de prix d'école chrétienne dans l'arrière-faubourg d'un village d'ailleurs parfaitement inaccessible ; des colonels, négligés sur le tableau d'avancement, s'installent et ébauchent les grandes lignes d'une série de dix, douze ou vingt-quatre articles de tête, à propos de l'ancienneté et du choix ; des missionnaires exigent de savoir pourquoi ils n'auraient pas le droit de changer pour une fois la nature de leurs plaintes et d'agonir un collègue spécialement placé sous le patronage directorial ; des troupes de comédiens à la côte envahissent les bureaux à l'effet d'expliquer qu'ils ne peuvent pas payer leur publicité, mais qu'à leur retour de Taïti ou de Nouvelle-Zélande ils s'en acquitteront avec usure ; des inventeurs de moteurs à pankahs patentés, de vis d'attelage pour wagons, de sabres ou d'arbres de couche incassables, font visite, des certificats plein les poches, et désireux de se voir fixer quelques heures d'entretien ; des compagnies pour la vente du thé entrent, s'assoient et élaborent leurs prospectus avec les plumes du bureau ; des secrétaires de comités dansants objurguent avec éclat le rédacteur mondain afin d'obtenir un plus ample compte rendu des gloires de leur dernier bal ; des dames inconnues font irruption dans un frou-frou de jupes et disent « Il me faut un cent de cartes de visite tout de suite, s'il vous plaît, » ce qui rentre manifestement dans les attributions d'un directeur ; et le moindre, le plus dissolu des ruffians qui jamais ait vagabondé le long de la grand'-route se fait un devoir de venir demander une place de correcteur d'épreuves. Et tout le temps le timbre du téléphone tinte frénétiquement, on tue des rois sur le continent, des empires se disent : « Vous en êtes un autre, » et mossieu

Gladstone appelle le feu du ciel sur les colonies britanniques, tandis que les petits typos noirs geignent « *kaa pi-chay-ha-yeh* » (on demande de la copie), comme des abeilles lasses, et qu'aux trois quarts le journal est encore aussi blanc que l'écu de Modred.

Mais cela, c'est le moment amusant de l'année. Il y a six autres mois où personne ne vient jamais, où le thermomètre, pouce par pouce, grimpe en haut de l'échelle, où l'ombre maintenue dans le bureau permet à peine de lire, où les presses brûlent au toucher, et où personne n'écrit guère que des comptes rendus de fêtes dans les stations de montagne ou des notices nécrologiques. C'est alors que le téléphone se transforme en terreur tintinnabulante, toujours prêt à vous annoncer des morts subites d'hommes ou de femmes que vous connaissiez intimement. Le *prickly heat* vous recouvre comme d'un vêtement, et l'on s'assied pour écrire : « On annonce un léger accroissement dans la mortalité du district de Khuda Janta Khan. L'épidémie, de nature purement sporadique, grâce aux efforts énergiques des autorités locales, est maintenant à peu près vaincue. C'est cependant avec un profond regret que nous enregistrons la mort, etc., etc. »

Puis l'épidémie éclate pour de bon, et moins on enregistre ou moins on rédige à ce sujet, mieux vaut pour le repos des abonnés. Mais Empires et Rois continuent à se divertir avec autant d'égoïsme que devant, le chef typographe trouve qu'un journal quotidien ne devrait point en vérité paraître plus d'une fois toutes les vingt-quatre heures, et les gens des stations d'été interrompent leurs plaisirs pour dire : « Mon Dieu, qu'est-ce qui empêche ce journal d'être brillant ? Il se passe bien assez de choses par ici. »

Voilà le côté sombre de la situation, et, comme on dit aux annonces : s Il faut en goûter pour en juger.

Ce fut en cette saison — pire que jamais cette année-là — que le journal inaugura le système d'imprimer le dernier tirage de la semaine dans la nuit du samedi, c'est-à-dire le dimanche matin comme les journaux de Londres. Précieux avantage qui permettait, une fois la copie sous presse, au rédacteur éreinté de commencer dans la fraîcheur du matin un somme avant que la chaleur le réveillât. L'aube fait baisser le thermomètre de 54° à 42° — et l'on n'imagine pas comme il fait froid à 42° à l'ombre quand on n'a jamais prié pour cette température-là.

Un samedi soir, il me revint l'aimable obligation d'achever le journal tout seul. Un roi, un courtisan, une courtisane ou une communauté allaient mourir, ou obtenir une nouvelle constitution, ou faire quelque chose d'important pour l'autre côté du monde, et le journal devait attendre l'*imprimatur* jusqu'à la dernière minute possible, afin d'attraper le télégramme. C'était une nuit d'encre, étouffante, une vraie nuit de juin, et le *loo*, le vent torride qui souffle de l'ouest, bramait dans l'amadou des branches en faisant semblant d'avoir une pluie sur les talons. Par intervalles, une goutte d'eau presque bouillante tachait la poussière avec un *flop* de grenouille aplatie ; mais, dans sa lassitude, notre univers savait bien que ce n'était que feinte. Il faisait une idée moins chaud dans l'atelier que dans le bureau, de sorte que je m'assis là parmi le cliquetis des machines, les huées des oiseaux de nuit aux fenêtres, les typos, à demi nus, qui épongeaient la sueur de leurs fronts et demandaient à boire. La chose qui nous faisait veiller, quelle qu'elle pût être, refusait d'arriver, quoique le *loo* fût tombé, le dernier caractère en place, et que toute la terre ronde demeurât en suspens dans la chaleur suffocante, un doigt sur les lèvres, attendant l'événement. Je m'assoupis, tout en me demandant si l'invention du télégraphe constituait en somme un bien et si ce moribond ou ce peuple en révolte avait conscience du dérangement produit par son retard. Sauf la chaleur et la préoccupation, nulle raison particulière d'énervement, et pourtant, comme les aiguilles de la pendule rampaient jusqu'à trois heures et que les machines essayaient deux ou trois tours de volant avant le mot prononcé qui les lâcherait dans leur carrière, j'aurais pu crier tout haut de fatigue.

Soudain, le grondement et la crécelle des machines déchirèrent le silence en minuscules lambeaux. Je me levais pour sortir quand deux hommes vêtus de blanc s'arrêtèrent devant moi. Le premier dit « C'est lui ! » Le second dit « Ma foi, oui ! » Et ils rirent tous deux à couvrir le bruit des presses et en s'épongeant le front.

— Nous avons vu une lumière de l'autre côté de la route, car nous dormions dans le fossé là-bas, pour avoir frais, et j'ai dit à mon copain que voilà : « Allons parler à celui qui nous a fait mettre hors de l'Etat de Degumber, » dit le plus petit des deux.

C'était l'homme que j'avais rencontré dans le train de Mhow, et son camarade, l'homme à poil roux de la gare de Marwar. Il n'y avait pas à se tromper aux sourcils de l'un ni à la barbe de l'autre.

Je n'étais pas content, car j'avais plus envie de dormir que de me chamailler avec des vagabonds.

— Qu'est-ce que vous voulez ? demandai-je.

— Causer une demi-heure, au frais et à l'aise, dans le bureau, dit l'homme à barbe rouge. Nous ne refuserions pas à boire — le contrat n'a pas force encore, Peachey, ce n'est pas la peine de faire une tête — mais ce qu'il nous faut pour de bon c'est des conseils. Nous n'avons pas besoin d'argent. C'est comme une faveur que nous demandons, rapport au sale tour que vous nous avez joué à propos du Degumber.

Je montrai le chemin qui passait de l'imprimerie au bureau suffocant, où des cartes pendaient aux murs. L'homme roux se frotta les mains.

— Il y a du bon, dit-il. Nous avons frappé à la bonne porte. Maintenant, Monsieur, permettez-moi de vous présenter le frère☐ Peachey Carnehan, ça, c'est lui, et le frère☐ Daniel Dravot, ça, c'est moi ; quant à nos professions, moins nous en parlerons mieux ça vaudra ; nous avons fait tous les métiers dans notre temps. Soldats, marins, typos, photographes, correcteurs d'épreuves, prêcheurs en plein vent et correspondants du *Backwoodsman* les fois où le journal en avait besoin. Carnehan est à jeun, moi aussi. Regardez-nous bien d'abord pour être sûr. Ça vous évitera de me couper. Nous allons prendre chacun un cigare et vous tiendrez l'allumette.

Je tentai l'épreuve. Les deux hommes n'avaient pas bu et je leur fis servir deux *pegs* tiédissants.

— À la bonne heure, dit Carnehan, l'homme aux sourcils, en séchant sa moustache. Laisse-moi parler maintenant, Dan. Nous avons fait à peu près toute l'Inde, le plus souvent à pied. Nous avons été ajusteurs de chaudières, conducteurs de locomotives, petits entrepreneurs et le reste, et maintenant nous avons décidé que l'Inde n'est pas assez grande pour les gens de notre acabit.

Ils étaient certainement trop grands pour le bureau. La barbe de Dravot semblait emplir la moitié de la pièce, et les épaules de Carnehan l'autre moitié, assis qu'ils se tenaient tous deux sur la grande table. Carnehan continua :

— Le pays ne donne pas la moitié de ce qu'il devrait parce que le gouvernement ne veut pas qu'on y touche. Ils passent tout leur sacré temps à gouverner et on ne peut pas soulever une bêche, faire sauter un éclat de pierre ou forer pour de l'huile sans que le gouvernement crie « À bas les pattes et laissez-nous gouverner. » C'est pourquoi, tel quel, nous allons le laisser en paix et partir pour quelque autre pays où l'on puisse jouer des coudes et faire son chemin. Nous ne sommes pas de petits hommes et nous n'avons peur de rien, que de la boisson, et nous avons signé un contrat sur ce point. *Donc*, nous nous en allons être rois.

— Rois de plein droit, murmura Dravot.

— Oui, c'est entendu, dis-je. Vous avez traîné vos guêtres au soleil, la nuit est plutôt chaude, et vous feriez peut-être mieux d'aller dormir sur votre idée. Venez demain.

— Ni coup de soleil, ni verre de trop, dit Dravot. Voilà un an que nous dormons sur notre idée ; nous avons besoin de voir des livres et des atlas, et nous avons conclu qu'il n'y a plus qu'un pays au monde où deux hommes à poigne puissent faire leur petit Sarawak. Cela s'appelle le Kafiristan. À mon idée c'est dans le coin de l'Afghanistan, en haut et à droite, à moins de trois cents milles de Peshawer. Ils ont trente-deux idoles, les païens de là-bas, nous ferons trente-trois. C'est un pays montagneux et les femmes, de ces côtés, sont très belles.

— Mais ça, c'est défendu dans le contrat, dit Carnehan. Ni femmes, ni boisson, Daniel.

— C'est tout ce que nous savons, excepté que personne n'y est allé et qu'on s'y bat. Or, partout où l'on se bat, un homme qui sait dresser des hommes peut toujours être roi. Nous irons dans ce pays, et, au premier roi que nous trouverons, nous dirons : « Voulez-vous battre vos ennemis ? » et nous lui montrerons à instruire des recrues, car c'est ce que nous savons faire le mieux. Puis nous renverserons ce roi, nous saisirons le royaume et nous fonderons une dynastie.

— Vous vous ferez tailler en pièces à cinquante milles passé la frontière, dis-je. Il vous faut traverser l'Afghanistan pour arriver dans ce pays- là. Ce n'est qu'un fouillis de montagnes, de pics et de glaciers que jamais Anglais n'a franchis. Les habitants sont de parfaites brutes, et, en admettant que vous arriviez à eux, il n'y aurait rien à faire.

— J'aime mieux ça, dit Carnehan. Si vous nous trouviez encore plus fous, ça nous ferait encore plus de plaisir. Nous sommes venus à vous pour nous renseigner sur ce pays, pour lire des livres qui en parlent et consulter vos cartes. Nous avons envie de nous faire traiter de fous et de voir vos livres.

Il se tourna vers la bibliothèque.

— Parlez-vous sérieusement, pour de bon ? dis-je.

— Un peu, dit Dravot, avec onction. Nous voulons votre plus grande carte, même s'il y a un blanc à la place du Kafiristan, et tous les livres que vous pouvez avoir. On sait lire, quoiqu'on n'ait pas reçu beaucoup d'éducation.

Je dépliai la grande carte de l'Inde à l'échelle de trente-deux milles au pouce, deux cartes de frontières plus petites, descendis péniblement le tome INF–KAN de l'*Encyclopædia Britannica*, et mes hommes se mirent à les consulter.

— Attention, dit Dravot, un doigt sur la carte. Jusqu'à Jagdallak, Peachey et moi nous connaissons la route. Nous sommes allés là avec l'armée de Roberts. À Jagdallak il faudra prendre à droite à travers le territoire de Laghmann. Puis nous entrons dans les montagnes. Quatorze mille, quinze mille pieds, il fera frais là-haut. Mais ça ne paraît pas très loin sur la carte.

Je lui passai les *Sources de l'Oxus*, par Wood. Carnehan était plongé dans l'*Encyclopædia*.

— Ils sont un tas, dit Dravot d'un air méditatif, et ça ne nous avancera guère de savoir les noms de leurs tribus. Plus il y aura de tribus et plus de batailles, tant mieux pour nous. De Jagdallak à Ashang. H'mm !

— Mais tous les renseignements sur la région sont aussi superficiels et aussi vagues que possible, protestai-je. Voici la collection de *United Services Institute*. Lisez ce que dit Bellew.

— Zut pour Bellew ! dit Carnehan. Dan, c'est un sacré tas de païens, mais ce livre-ci dit qu'ils sont apparentés à nous autres Anglais.

Je continuai à fumer, tandis que les deux hommes s'ensevelissaient dans *Raverty*, *Wood*, les cartes et l'*Encyclopædia*.

— Ce n'est pas la peine de nous attendre, dit Dravot poliment.

— Il est quatre heures à peu près, maintenant. Nous partirons avant six heures si vous voulez dormir et nous ne volerons pas de papiers. Ne veillez pas sur nous. Nous sommes deux toqués pas dangereux, et si vous passez par le Serai demain soir, nous vous dirons adieu.

— Certainement vous êtes fous tous les deux, répondis-je. On vous fera rebrousser à la frontière ou on vous coupera le cou à l'instant où vous mettrez le pied en Afghanistan. Avez-vous besoin d'argent ou d'une recommandation pour les provinces du Sud ? Je peux vous mettre à même de trouver de l'ouvrage la semaine prochaine.

— La semaine prochaine nous travaillerons nous-mêmes et d'attaque, merci bien, dit Dravot. Ce n'est pas si facile d'être roi que ça en a l'air. Quand nous aurons notre royaume et que tout fonctionnera, nous vous le ferons dire et vous viendrez nous aider à le gouverner.

— C'est-il deux toqués qui feraient un contrat comme ceci, dit Carnehan avec une nuance de discret orgueil, en me montrant une demi-feuiile de papier à lettre graisseux, où on lisait ce qui suit. J'en pris copie sur-le-champ, à titre de curiosité :

Le présent contrat ayant force entre toi et moi, prenant à témoin le nom de Dieu. Amen, etc., etc.

(Un). Que moi et toi déciderons cette affaire ensemble, à savoir d'être rois de Kafiristan.

(Deux). Que toi et moi ne devrons point, pendant que nous déciderons cette affaire, regarder aucune boisson, ni aucune femme noire, blanche ou brune, de manière à ne pas nous embrouiller à cause de l'une ou de l'autre ni que mal s'ensuive.

(Trois). Que nous devrons nous conduire avec prudence et dignité, et que si l'un se trouve dans l'embarras l'autre reste avec lui.

Signé par toi et moi ce jour.

Peachey Taliaferro Carnehan,

Daniel Dravot,

Gentlemen tous deux sans profession.

Il n'y avait pas nécessité pour le dernier article, dit Carnehan, en rougissant avec modestie ; mais ça vous a l'œil plus correct. Vous savez ce que c'est que des loupeurs — c'est ce que nous sommes encore, Dan, avant d'être sortis de l'Inde — eh bien ! croyez-vous que nous aurions signé un contrat comme cela si nous n'avions pas pris la chose au sérieux ? Nous nous sommes privés des deux choses qui valent la peine de vivre.

— Vous aurez vite fait votre deuil de vivre si vous persistez à tenter cette aventure idiote. Ne mettez pas ie feu au bureau, dis-je, et partez avant neuf heures.

Je les quittai, toujours absorbés dans la lecture des cartes et qui prenaient des notes au dos du « Contrat. »

— Manquez pas de venir au Serai demain, firent-ils, comme je partais.

Le Serai de Kumharsen est le grand égout humain, à quatre murs en carré, où viennent prendre ou laisser leurs charges les files de chameaux et de chevaux qui arrivent du Nord. On y trouve toutes les nationalités de l'Asie centrale et la plupart des gens de l'Inde propre. Balkh et Bokhara rencontrent là Bengale et Bombay, et tâchent réciproquement de s'y tirer les canines. On peut y acheter des poneys, des turquoises, des chats persans, des moutons à queue charnue ou du musc, dans ce Serai de Kumharsen ; on y attrape même plus d'une chose bizarre gratis. Dans l'après-midi, je descendis de ce côté afin de constater si mes amis tiendraient parole ou si je les trouverais vautrés et ivres-morts.

Un *mullah* vêtu de bouts de rubans et de loques s'avança vers moi d'un pas délibéré. Il agitait gravement un moulinet d'enfant en papier. Son serviteur, derrière lui, pliait sous le poids d'une botte remplie de jouets de terre. L'un et l'autre s'occupaient de charger deux chameaux, et les hôtes du Serai les regardaient faire en se tordant de rire.

— Le *mullah* est fou, me dit un marchand de chevaux. Il va à Kahoul vendre des jouets à l'Amir. Il se fera élever aux honneurs ou couper la tête. Il est arrivé ici ce matin et, depuis lors, n'a pas cessé d'agir comme un fou.

— Les simples sont sous la protection de Dieu, bégaya en mauvais hindi un Uzbeg aux joues plates. Ils prédisent les choses de l'avenir.

— Il aurait bien dû me prédire que ma *kafila* se ferait hacher par les Shinwaris, presque à l'ombre de la Passe, grogna un homme de Eusufzai, agent d'une maison de commerce du Rajpoutana, dont les marchandises étaient tombées, par grande félonie, entre les mains d'autres voleurs, à courte distance de la frontière, et que ses infortunes rendaient le plastron du bazar. Ohé, *mullah*, d'où viens-tu et où vas-tu maintenant ?

— De Roum suis-je venu, cria le *mullah* en agitant son moulin en papier, de Roum, poussé par le souffle de cent mille diables, depuis l'autre côté de la mer ! Oh ! voleurs, brigands, menteurs, la bénédiction de Pir Khan sur les porcs, les chiens et les parjures. Qui veut emmener le Protégé de Dieu vers le Nord afin de vendre à l'Amir des charmes qui ne vieillissent point ? Leurs chameaux ne souffriront pas, leurs fils ne tomberont pas malades, leurs femmes demeureront fidèles pendant leur absence à ceux qui me donneront place dans leur *kafila*. Qui m'aidera à chausser le roi des Roos d'une pantoufle d'or à talon d'argent ? La protection de Pir Khan repose sur ses labeurs !

Il rejeta en arrière les pans de son caban et pirouetta parmi les rangs de chevaux entravés.

— Il part une *kafila* de Peshawer pour Kaboul dans vingt jours, *Huzrut*, dit le marchand de Eusufzai. Mes chameaux l'accompagnent. Viens donc avec nous et nous porte bonheur.

— Je partirai tout de suite, cria le *mullah*, je partirai sur mes chameaux ailés, et serai à Peshawer en un jour ! Ho ! Hazar Mir Khan, hurla-t-il à son domestique, fais sortir les chameaux, mais que je monte sur le mien d'abord.

Il sauta sur le dos de la bête agenouillée et s'écria en se tournant vers moi :

— Viens aussi, Sahib, suis-nous un peu sur la route, et je te donnerai un charme — une amulette, qui te fera roi de Kafiristan.

À ce moment la lumière se fit dans mon esprit. Je suivis les deux chameaux à la sortie du Serai jusqu'à la grand'route où le *mullah* fit halte.

— Qu'en pensez-vous ? dit-il en anglais. Carnehan ne sait pas leur patois, c'est pourquoi j'en ai fait mon domestique. C'est un domestique à la hauteur. Je n'ai pas battu le pays pendant quatorze ans pour rien. C'était bien fait, hein, ce bout de causette tout à l'heure ? Nous nous collerons à une *kafila*, entre Peshawer et Jagdallak, et de là nous verrons à échanger nos chameaux pour des bourricots et à faire notre brèche en Kafiristan. Des petits moulins pour l'Amir... Ah ! vingt dieux ! Passez votre main sous les sacs et dites-moi ce que vous sentez.

Je tâtai la crosse d'un Martini, d'un autre, puis d'un autre encore.

— Il y en a vingt, dit Dravot avec placidité. Vingt et des munitions en conséquence sous les petits moulins et les poupées en terre.

— Le ciel vous aide, si on vous découvre avec ces joujoux-là ! dis-je. Un Martini, chez les Pathans, cela vaut son pesant d'argent.

— Quinze cents roupies de capital — tout ce qu'on a pu mendier, taper ou voler placées là sur ces deux chameaux, dit Dravot. Nous ne nous ferons pas pincer. Nous passons le Khyber avec une vraie *kafila*. Qui toucherait un pauvre fou de *mullah* ?

— Avez-vous tout ce qu'il vous faut ? demandai-je, vaincu par la surprise.

— Pas encore, mais ça viendra bientôt. Donnez-nous un souvenir de votre obligeance, *frère*. vous m'avez rendu service hier et l'autre fois aussi à Marwar. La moitié de mon royaume sera pour vous, comme dit la chanson.

Je détachai une petite boussole-fétiche de ma chaîne de montre et la tendis au *mullah*. Adieu, dit Dravot en me tendant la main avec circonspection. C'est notre dernière poignée de main à un Anglais pour bien des jours. Serre-lui la main, Carnehan ! cria-t-il, comme le second chameau me dépassait.

Carnehan se pencha et me serra la main. Puis les chameaux s'effacèrent dans la poussière de la route, et je restai tout seul, à m'émerveiller. Mon œil n'aurait pu discerner le moindre accroc dans les déguisements. La scène du Serai attestait leur perfection pour le jugement indigène. Une chance donc se présentait pour Carnehan et Dravot de cheminer à travers l'Afghanistan sans se trahir. Mais au delà ils trouveraient la mort, une mort affreuse et sûre.

Dix jours plus tard, un indigène de mes amis, qui me mandait les nouvelles les plus récentes de Peshawer, terminait sa lettre en ces termes : « On a beaucoup ri par ici à cause d'un certain *mullah* qui est fou et s'en va, assure-t-il, vendre des colifichets et des babioles, qu'il appelle des charmes puissants, à S. M. l'amir de Bokhara. Il a traversé Peshawer et s'est joint à la seconde *kafila* d'été qui va à Kaboul. Les marchands sont contents, ils s'imaginent, par superstition, que des fous de la sorte portent bonne chance. »

Les deux avaient donc passé la frontière. J'aurais prié pour eux, mais, cette nuit-là, un vrai roi mourut en Europe, qui réclama un article nécrologique.

La roue du temps ramène toujours à nouveau les mêmes phases. L'été passa, l'hiver après lui, pour revenir et repasser encore. Le journal quotidien continuait, moi de même, et, dans le courant du troisième été, advinrent une nuit chaude, une édition tardive et une attente énervée à propos de quelque chose qu'on devait télégraphier de l'autre côté du monde, le tout exactement comme il était arrivé auparavant. Quelques grands hommes étaient morts au cours des deux années qui venaient de s'écouler, les écrous des machines jouaient avec plus de bruit, et quelques arbres, dans le jardin, avaient deux pieds de plus. C'était toute la différence.

Je passai dans l'atelier ; la même scène se reproduisit que j'ai déjà décrite. La tension nerveuse se faisait sentir plus intense que deux ans auparavant, et la chaleur me pesait davantage. À trois heures, je commandai : « Imprimez ! » et je m'en allais, quand se traîna vers ma chaise ce qu'il restait d'un homme. Il était courbé en cercle, la tête sombrée dans les épaules, et il passait ses pieds l'un par-dessus l'autre, comme un ours. Je distinguais à peine s'il marchait ou s'il rampait — ce stropiat loqueteux et geignant qui m'appelait par mon nom, en pleurant qu'il était de retour.

— Pouvez-vous me donner à boire ? pleurnichait-il. Pour l'amour de Dieu, donnez-moi à boire !

Je retournai au bureau, précédant l'homme et ses gémissements de douleur. Je levai la lampe.

— Vous ne me reconnaissez pas ? souffla-t-il en se laissant tomber sur une chaise, et il tourna son visage ravagé surmonté d'une toison grise vers la lumière.

Je le fixai avec persistance. Une fois auparavant j'avais vu ces sourcils qui se joignaient à la racine du nez en bande noire d'un pouce de largeur, mais du diable si j'aurais pu dire où.

— Je ne vous connais pas, dis-je en lui passant le whiskey. Que puis-je faire pour vous ?

Il avala une gorgée d'alcool pur et frissonna malgré l'étouffante chaleur.

— Je suis revenu, répétait-il, et j'ai été roi de Kafiristan, moi et Dravot, rois couronnés tous deux ! C'est dans ce bureau que nous avions tout décidé. Vous étiez assis là, vous nous avez donné des livres. Je suis Peachey — Peachey Taliaferro Carnehan, et vous êtes resté ici tout le temps depuis… Bon Dieu !

J'étais plus que médiocrement surpris, et m'exprimai en conséquence.

— C'est vrai, dit Carnehan avec un ricanement sec, tout en berçant ses pieds empaquetés de chiffons. Vrai comme l'Evangile. Nous étions rois — avec des couronnes sur la tête — moi et Dravot, pauvre Dan ! Oh ! pauvre Dan qui ne voulait jamais écouter, même les prières !

— Prenez du whiskey, dis-je, et prenez votre temps. Dites-moi tout ce que vous pouvez vous rappeler depuis le commencement jusqu'à la fin. Vous avez passé la frontière sur vos chameaux, Dravot habillé en *mullah* fou et vous comme son domestique. Vous rappelez-vous cela ?

— Je ne suis pas fou pas encore, mais ça m'arrivera bientôt. Bien sûr que je me souviens. Continuez à me regarder, sans quoi j'ai peur que mes mots s'en aillent par morceaux, continuez à me regarder dans les yeux et ne dites pas un mot.

Je me penchai en avant et le fixai en plein visage aussi ferme que je pus. Il laissa tomber sa main sur la table et je la saisis par le poignet. Elle était tordue comme une serre d'oiseau, et, sur le dos, on voyait une cicatrice aux contours déchiquetés, toute rouge et en forme d'as de carreau.

— Non, ne regardez pas là. Regardez-*moi*, dit Carnehan. Ça, c'est après, mais pour l'amour de Dieu ne me troublez pas. Nous sommes partis avec cette caravane, moi et Dravot, faisant toutes sortes de farces pour amuser les gens que nous accompagnions. Dravot nous faisait rire, les soirs, à l'heure où tout le monde cuisait son dîner — cuisait son dîner, et... qu'est-ce qu'ils faisaient donc après ? Ils allumaient des petits feux, et les étincelles volaient dans la barbe de Dravot, et on riait tous, à se faire mourir. Des petits charbons rouges, ça faisait, qui volaient dans la grosse barbe rouge de Dravot — si drôles !

Ses yeux quittèrent les miens. Il souriait d'un air simple.

— Vous êtes allés jusqu'à Jagdallak avec cette caravane, dis-je à tout hasard, après avoir allumé ces feux. À Jagdallak vous a-t-on détournés de pénétrer en Kafiristan ?

— Non, ni l'un ni l'autre. Qu'est-ce que vous racontez ? Nous avons bifurqué avant Jagdallak, en entendant dire que les routes étaient bonnes. Pas assez bonnes pour nos deux chameaux — le mien et celui de Dravot. En quittant la caravane, Dravot ôta tous ses habits et les miens aussi, et dit qu'il fallait faire les païens parce que les Kafirs ne permettent pas aux mahométans de leur adresser la parole. Alors on se déguisa, moitié l'un, moitié l'autre, et une tête comme celle de Daniel Dravot, jamais je n'en ai vu de pareille ni n'en reverrai jamais. Il brûla sa barbe à moitié, se pendit une peau de mouton sur l'épaule et se rasa la tête en petits dessins. Il me rasa la mienne aussi et me fit mettre des frusques de chienlit pour me donner l'air d'un païen. Tout ça se passait dans un pays excessivement montagneux, et nos chameaux ne pouvaient plus avancer à cause des montagnes. C'est des montagnes très hautes et toutes noires, et, au retour, je les voyais se battre, comme des chèvres sauvages — il y a des tas de chèvres en Kafiristan. Et ces montagnes, elles ne se tiennent jamais tranquilles, tout comme des chèvres. Toujours à se battre et à vous empêcher de dormir la nuit…

— Prenez d'autre whiskey, dis-je très lentement. Qu'avez-vous fait, Daniel Dravot et vous, lorsque les chameaux ne purent plus avancer à cause des mauvaises routes qui menaient en Kafiristan ?

— Ce que nous avons fait ? Qui ça ? Il y avait un individu nommé Peachey Taliaferro Carnehan, avec Dravot. Faut-il vous parler de lui ? Il est mort là-bas, dans la neige. Vlan ! du haut du pont tomba ce vieux Peachey, et il tournait et se tortillait en l'air comme un moulin à un penny pour vendre à l'amir. Non, ça coûtait un penny et demi les trois, ces moulins, ou je me trompe et j'ai bien du chagrin. Et alors les chameaux plus bons à rien, et Peachey dit à Dravot : « Pour l'amour de Dieu, tirons-nous d'ici avant qu'on nous coupe la tête ! » Et là-dessus ils tuèrent les chameaux dans la montagne, car ils n'avaient rien que je sache à manger, mais d'abord ils enlevèrent les caisses de fusils et de cartouches. Puis voilà deux hommes qui s'amènent, conduisant quatre mules. Dravot saute debout et se met à danser devant eux en chantant « Vends-moi tes quatre mules. » Le premier homme dit : « Si tu es assez riche pour payer, tu es assez riche pour voler ! » mais, avant qu'il porte seulement la main à son couteau, Dravot lui casse le cou en travers de son genou, et l'autre se sauve. De sorte que Carnehan charge les mules avec les fusils qu'on avait descendus des chameaux, et tous deux nous piquons de l'avant dans ces pays du froid de chien, où il n'y a jamais de route plus large que le dos de la main.

Il s'arrêta un moment, tandis que je lui demandais s'il se rappelait la nature du pays par lequel il avait cheminé.

— Je vous dis tout, aussi droit que je peux, mais la tête n'est pas aussi bonne que tout ça. Ils ont enfoncé des clous dedans pour que j'entende mieux comment Dravot mourut. Le pays était montagneux, les mules rétives et les habitants dispersés et solitaires. On allait montant, descendant, et l'autre individu,

Carnehan, suppliait Dravot de ne pas chanter ni siffler si fort, crainte de détacher les terribles avalanches. Mais Dravot disait que si un roi ne pouvait pas chanter, ça ne valait pas la peine d'être roi, et ne fit attention à rien pendant dix jours de glace. Nous arrivâmes à une grande vallée unie, au milieu des montagnes, et les mules étaient à moitié mortes et on les tua, n'ayant rien que je sache à leur donner, ni à manger nous-mêmes. Puis nous nous assîmes sur les caisses et nous jouions à pair et impair avec les cartouches qui avaient roulé à terre.

Tout à coup, dix hommes, avec des arcs et des flèches, descendent la vallée en courant et en faisant la chasse à vingt hommes, armés de même, et le potin était énorme. Ils étaient blonds, plus blonds que vous et moi — les cheveux jaunes, et très bien bâtis. Dravot dit en déballant les fusils : « Voilà le commencement de la besogne. Nous prenons parti pour les dix. » Là-dessus il tire deux coups sur les vingt hommes et en dégringole un à deux cents mètres du haut du rocher où il se tenait. Les autres commencèrent à détaler, mais Carnehan et Dravot s'assoient sur les caisses et se mettent à les poivrer, à toutes distances, du haut en bas de la vallée. Après, nous nous dirigeons vers les dix hommes qui avaient traversé aussi la neige en courant et ils nous décochent une coquine de petite flèche. Dravot tire en l'air et ils tombent tous à plat ventre. Alors il marche dessus en leur donnant du talon de botte, et, après, les relève et distribue des poignées de main à la ronde pour s'en faire des amis. Il les appelle et leur donne les caisses à porter avec de grands gestes, tout comme s'il était roi déjà. Ils le mènent avec ses caisses de l'autre côté de la vallée, en haut d'une colline avec un bois de pins au sommet, où il y avait une demi-douzaine de grandes idoles de pierre. Dravot marche à la plus grande — un gars qu'ils appellent Imbra — pose un fusil et une cartouche à ses pieds, lui frotte le nez respectueusement contre le sien, lui passe la main sur la tête et lui fait des salamalecs. Il se retourne vers les hommes, secoue la tête et dit « Ça va bien. J'en suis aussi, et tous ces vieux casse-noisettes sont mes copains. » Alors il ouvre la bouche en montrant son gosier du doigt, et quand le premier homme lui apporte à manger, il dit « Non, » et quand le deuxième homme lui apporte à manger, il dit : « Non ; » mais quand un des vieux prêtres et le chef du village lui apportent à manger, il dit : « Oui, » très fier, et mange sans se presser. Voilà comme nous sommes arrivés à notre premier village, sans difficultés, tout comme si nous tombions du ciel. Oui, mais nous sommes tombés d'un de ces damnés ponts de cordes et on ne peut pas s'attendre à voir un homme vivre beaucoup après ça.

— Prenez d'autre whiskey et continuez, dis-je. Ça, c'était votre premier village. Comment êtes-vous devenu roi ?

— Moi ? Je n'ai pas été roi. Cest Dravot qui était roi, et ça faisait un beau gars, couronne d'or en tête et le reste. Lui et l'autre individu demeurèrent dans ce village, et, tous les matins, Dravot s'asseyait à côté du vieil Imbra, tandis que les gens venaient lui faire poojah. C'était l'ordre de Dravot. Puis une troupe d'hommes entrent dans la vallée, et Carnehan avec Dravot les descendent à coups de fusil avant qu'ils sachent où ils en sont, montent sur l'autre versant et trouvent un autre village, pareil au premier, où tout le monde se jette à plat ventre, et Dravot dit : « Voyons, qu'est-ce qui ne va pas entre nos deux villages ? » Les gens alors lui montrent une femme, une femme blanche, comme vous et moi, qu'on avait enlevée, et Dravot la ramène au premier village et compte les morts — huit qu'il en avait. Pour chaque mort, Dravot verse un peu de lait par terre, remue le bras comme un moulinet et : « C'est très bien ! » qu'il dit. Ensuite, lui et Carnehan prennent le grand chef de chaque village, chacun sous le bras, descendent avec dans la vallée et leur montrent à tirer une ligne avec un fer de lance tout le long de la vallée, en leur donnant à chacun une motte d'herbe prise des deux côtés de la ligne. Alors tous les gens descendent, gueulant comme le diable et son train, et Dravot dit : « Allez bêcher la terre, croître et multiplier, ce qu'ils firent, quoiqu'ils ne comprenaient pas. Alors nous demandons les noms des choses dans leur baragouin : l'eau, le pain, le feu, les idoles et le reste, et Dravot amène le prêtre de chaque village devant l'idole et lui dit de rester là pour juger les gens, et que si ça ne marchait pas on lui ficherait un coup de fusil.

La semaine après, ils étaient tous à retourner la terre dans la vallée, tranquilles comme des abeilles et plus jolis à voir ; les prêtres écoutaient les réclamations et rapportaient à Dravot, par gestes, de quoi il s'agissait. « Voilà que ça commence, dit Dravot, ils nous prennent pour des dieux ! » Lui et Carnehan choisissent vingt gaillards solides et leur apprennent à charger un fusil, à doubler par le flanc, à marcher alignés. Ça leur faisait plaisir et ils en voyaient vite la farce. Puis il prend sa pipe et sa blague, laisse un homme dans un village, un homme dans l'autre, et nous partons, histoire de voir ce qu'il y avait à faire dans la prochaine vallée. C'était tout rocher par là, avec un petit village. Carnehan dit « Envoyons-les planter dans l'autre vallée ! » Il les y emmène comme il dit et leur donne de la terre qui n'appartenait à personne avant. Ils n'étaient pas riches et on leur fit cadeau d'un chevreau avant de les faire entrer dans le nouveau royaume. C'était pour frapper les autres. Ils s'installèrent tout tranquillement, et Carnehan retourna trouver Dravot qui avait poussé dans une autre vallée : rien que de la neige, de la glace et des montagnes énormes. Il n'y avait personne par là et l'armée se prend de peur, de sorte que Dravot en tue un et continue de l'avant jusqu'à ce qu'il trouve quelques habitants dans un village, auxquels l'armée fit comprendre que, s'ils ne veulent pas être massacrés, ils feront mieux de ne pas tirer leurs petits fusils à pierre, car ils avaient des fusils à pierre. On se met bien avec le prêtre, et je reste là tout seul, avec deux de l'armée, à apprendre l'exercice aux hommes ; et alors arrive un grand chef du tonnerre de Dieu, à travers la neige, avec des tambours et des cornes qui faisaient du train, rapport qu'il avait entendu parler d'un nouveau dieu qui se baladait par là. Carnehan vise dans le tas à un demi-mille à travers la neige et en dégringole un. Alors il envoie dire au chef que, s'il ne veut pas se faire tuer, il faut qu'il vienne me donner une poignée de main et laisse les armes derrière. Le chef arrive le premier, tout seul. Carnehan lui serre la main et fait le moulinet avec ses bras, comme Dravot, et le chef n'était pas à moitié étonné et me tâtait les sourcils. Puis Carnehan marche tout seul au chef et lui demande par signes s'il a un ennemi qu'il haït. « J'en ai un, » dit le chef. En entendant ça, Carnehan lui rafle le dessus du panier de ses hommes et leur fait montrer la manœuvre par les deux de l'armée, et, au bout de deux semaines, les hommes se débrouillent à peu près comme des *volunteers*. Alors il marche avec le chef vers un grand coquin de plateau sur le haut d'une montagne, et les hommes du chef donnent l'assaut à un village, et le prennent avec l'aide de nos trois martinis qui tapaient dans le tas. Ça fait que nous prîmes ce village-là aussi, et je donne au chef un morceau de drap de ma veste en disant : « Occupe jusqu'à mon retour ! » à la mode biblique. Histoire de l'y faire penser, lorsque l'armée et moi nous étions éloignés de mille huit cents mètres, je plante une balle dans la neige à deux pas de lui et tous les gens tombent à plat ventre. Puis j'envoyai une lettre à Dravot. Du diable si je savais où le prendre, sur terre ou sur mer…

Au risque de rompre le fil des idées de la loque humaine que j'avais devant moi, j'interrogeai :

— Comment pouvait-on écrire une lettre là-haut, si loin ?

— La lettre ?… Oh ! la lettre ! Continuez à me regarder entre les yeux, s'il vous plaît. C'était une lettre en nœuds de ficelle. Un mendiant aveugle nous avait montré le truc autrefois en Pendjab. Je me souvins qu'une fois était venu au bureau un aveugle porteur d'une baguette noueuse et d'une ficelle qu'il enroulait à la baguette selon quelque chiffre de son invention. Après un laps de plusieurs heures ou de plusieurs journées, il pouvait répéter la phrase ainsi entortillée. Il avait réduit l'alphabet à onze sons élémentaires, et il essaya de m'enseigner sa méthode, mais sans succès.

— J'envoyai la lettre à Dravot, dit Carnehan, pour lui dire de revenir, parce que ce royaume devenait trop grand pour que je le manie tout seul ; puis je m'en allai du côté de la première vallée, afin de voir comment les prêtres s'en tiraient. On appelait le village que nous venions de prendre, d'accord avec le chef, Bashkai, et le premier que nous avions pris, Er Heb. Les prêtres d'Er Heb se débrouillaient bien, mais ils avaient un tas de disputes à propos de terres à me soumettre, et des hommes d'un autre village avaient tiré des flèches sur le leur, la nuit. Je sortis à la recherche de ce village et lui envoyai cinq balles à mille mètres. Ça faisait le compte de cartouches que je me souciais de brûler ; ensuite je me mis à attendre Dravot, absent depuis deux ou trois mois, et je fis tenir mon peuple tranquille.

Un matin, j'entends un raffut de tambours et de cornes, à croire que c'était le diable en personne, et Daniel Dravot descend la colline avec son armée, des centaines d'hommes qui marchaient derrière, et, ce qu'il y avait de plus épatant, une grande couronne d'or sur la tête.

— Vingt dieux ! Carnehan, dit Daniel, ça devient une affaire énorme, voilà que nous tenons tout le pays à présent, au moins tout ce qui en vaut la peine. Je suis le fils d'Alexandre et de la reine Sémiramis ; toi, tu es mon frère cadet et dieu par-dessus le marché ! C'est la plus grosse ouvrage qu'on ait jamais faite. Il y a six semaines qu'on marche et qu'on en découd, l'armée et moi, et le moindre petit village, à cinquante lieues à la ronde, s'est rendu avec des réjouissances. Le mieux, c'est que j'ai la clef de toute la comédie, comme tu vas voir, et une couronne pour toi. J'en ai fait faire deux dans un endroit appelé Shu, où ou trouve l'or dans le roc comme le suif dans la viande. L'or, je l'ai vu ; on fait aussi sauter des turquoises du bout du pied dans la roche ; il y a des grenats plein le lit de la rivière, et voilà un bloc d'ambre qu'un homme m'a apporté. Appelle tous les prêtres et, tiens, prends ta couronne.

Un des hommes ouvre un sac de crin noir et je me mets la couronne sur la tête. Elle était petite et trop lourde, mais je la portai pour l'honneur. En or martelé qu'elle était et elle pesait cinq livres — un vrai cerceau de baril.

— Peachey, dit Dravot, nous en avons assez de nous battre. C'est la Maçonnerie, le truc qui m'a si bien aidé — et il fait avancer le même chef que j'avais laissé à Bashkai — Billy Fish, comme nous l'avons nommé plus tard, parce qu'il ressemblait tant à Billy Fish qui conduisait la grande locomotive-réservoir à Mach, sur la Bolan, dans les temps.

— Donne-lui une poignée de main, dit Dravot.

Je lui tends la main et pense tomber de surprise quand Billy Fish me donne l'attouchement maçonnique. Je ne dis rien, mais j'essaye l'attouchement des compagnons. Il répond bien et j'essaye l'attouchement des maîtres, mais, là, plus personne.

— C'est un compagnon, dis-je à Dan. Sait-il le mot ?

— Il le sait, dit Dan, et tous les prêtres de même. C'est un miracle ! Les chefs et les prêtres savent manigancer une loge à peu près à notre manière, et ils ont gravé les insignes sur le roc, mais ils ne connaissent pas le troisième degré et ils viennent apprendre. C'est vrai, comme il y a un Dieu ! Il y a beau temps que je savais que les Afghans connaissaient l'initiation des compagnons, mais ceci est un miracle. Me voici Dieu et grand-maître de l'Ordre et je vais ouvrir une loge du tiers degré. Nous initierons les grands-prêtres et les chefs des villages.

C'est contre toutes les lois de l'Ordre, que je dis, d'ouvrir une loge sans brevet de personne, et nous n'avons jamais tenu de grades dans une loge auparavant.

— C'est un maître coup de politique, au contraire, dit Dravot. Cela revient à mener le pays aussi facilement qu'un cabriolet à quatre roues à la descente d'une côte. Du reste, il n'y a pas de temps à perdre en discussions, ou ils se mettront contre nous. J'ai quarante chefs sur mes talons ; initiés ils seront et promus de même d'après leurs mérites. Cantonne ces hommes dans Les villages et occupe-toi d'organiser une loge tant bien que mal. Le temple d'Imbra fera l'affaire comme salle. Il faut que les femmes fabriquent des tabliers, montre-leur. Je tiens ma levée de chefs ce soir, et la loge demain.

Je n'en revenais pas, mais je n'étais pas si bête que de ne pas voir quel coup d'épaule cette aventure de Maçonnerie nous donnait. Je montrai aux familles des prêtres à confectionner des tabliers d'après les grades, mais, pour le tablier de Dravot, la bordure bleue et les insignes furent brodés en turquoises sur cuir blanc au lieu de drap. Nous plaçâmes une grosse pierre dans le temple pour servir de siège au Maître, et des pierres pLus petites pour les officiers, je fis peindre le pavé noir de carrés blancs et me donnai du mal pour que tout fût correct au possible.

Pendant la levée que nous tînmes, ce soir-là, sur le flanc de la colline, parmi de grands feux, Dravot déclara que lui et moi étions dieux, fils d'Alexandre, passés grands-maîtres de l'Ordre et venus faire du Kafiristan un pays où chacun devait manger en paix, boire en repos et surtout nous obéir. Alors les chefs avancent pour nous serrer la main, et, à les voir si barbus, si blancs et si blonds, c'était à croire qu'on la serrait à de vieux copains. Nous les appelions d'après leurs ressemblances à des hommes qu'on avait connus dans l'Inde : Billy Fish, Holly Dilworth, Pikky Kergan — il était Commissaire du Bazar du temps où j'habitais Mhow — et ainsi de suite.

Le plus épatant de tout, ce fut à la loge, la nuit suivante. Un des vieux prêtres ne nous quittait pas de l'œil et je ne me sentais pas à l'aise, sachant qu'il nous faudrait nous tirer des cérémonies à la blague et ne sachant pas ce que les autres en pouvaient savoir. Le vieux prêtre était un étranger venu d'au delà du village de Bashkai. Au moment où Dravot mit le tablier de Maître que les filles lui avaient brodé, le prêtre se mit à brailler et à hurler en essayant de retourner la pierre où Dravot était assis. « C'est tout fichu à présent, que je dis. Voilà ce que c'est de se mêler de Franc-maçonnerie sans brevet. » Dravot ne sourcilla pas, même quand les dix prêtres empoignent et renversent le siège du Grand-Maître ; c'était, comme qui dirait, la pierre d'Imbra. Le prêtre se met à en frotter la base pour détacher la terre noire, et le voilà qui montre aux autres prêtres la marque du Maître, la même que sur le tablier de Dravot, gravée sur la pierre. Les prêtres du temple d'Imbra ne savaient même pas qu'elle était là. Le vieux tombe à plat aux pieds de Dravot et les baise.

— Veine, encore ! me crie Dravot d'un bout à l'autre de la loge, ils disent que c'est la marque perdue, dont personne ne savait le pourquoi. Nous sommes plus que saufs maintenant. Alors, il laisse tomber la crosse de son fusil en guise de hallebarde et dit :

— En vertu de l'autorité à moi conférée par ma droite que voici et le secours de Peachey, je me déclare Grand-Maître de toute la Franc-maçonnerie du Kafiristan en cette Loge-Mère de la contrée, et, de pair avec Peachey, roi du Kafiristan !

Là-dessus, il met sa couronne, je mets la mienne — je faisais fonction de vénérable et nous ouvrons la loge en due forme.

C'était un miracle épatant. Les prêtres passent les deux premiers degrés presque sans rien dire, comme si la mémoire leur revenait. Après ça, Peachey et Dravot élevèrent d'un rang les plus dignes — grands-prêtres ou chefs de villages éloignés. Billy Fish fut le premier, et je vous prie de croire qu'il en tremblait de peur. Ça ne se passait pas du tout dans les formes ordinaires, mais cela servait notre idée. Nous n'en avons pas promu plus de dix parmi les gros bonnets, ce jour-là, parce que nous ne voulions pas rendre le degré commun. Et c'est à qui crierait pour se faire initier.

— Dans six mois, dit Dravot, nous tiendrons une autre assemblée, et nous verrons comment vous travaillez.

Puis il les interroge sur leurs villages et apprend qu'ils passaient leur vie à se battre les uns avec les autres, et qu'ils en avaient plein le dos à la fin. Autrement, c'était avec les musulmans qu'ils se battaient.

— Ceux-là, vous pourrez vous battre avec, s'ils entrent dans notre pays, dit Dravot. Désignez un homme sur dix par tribu comme garde de frontière et envoyez-en deux cents à la fois dans cette vallée pour se faire dresser. On ne fusillera ni ne saignera plus personne désormais, si vous vous comportez bien, et je sais que vous ne me tricherez pas, parce que vous êtes des blancs — des fils d'Alexandre — non pas de vils musulmans à peau noire. Vous êtes mon peuple à moi, dit-il, et il finit en anglais : — Dieu me damne si je ne fais pas une chouette nation de vous, ou que je claque à la tâche.

Je ne peux pas vous dire tout ce que nous avons fait les six mois qui suivirent, parce que Dravot boutiquait un tas de choses dont je ne voyais pas la raison, et il apprit leur jargon comme jamais je ne pus l'apprendre. Ma besogne consistait à veiller aux labours, à visiter de temps en temps les autres villages avec l'armée pour voir ce qu'ils faisaient, et à leur montrer à jeter des ponts de cordes sur les sacrés ravins qui hachent le pays. Dravot était très gentil pour moi, mais quand il marchait de long en large dans le bois de pins, tirant à deux poings cette barbe rouge sang qu'il avait, je savais bien qu'il pensait à des projets où je ne pouvais pas lui donner d'avis, et je me contentais d'attendre les ordres.

Mais Dravot ne me manquait jamais de respect devant le peuple. Ils avaient peur de moi et de l'armée, mais ils aimaient Dan. Il était lié d'amitié avec les prêtres et les chefs ; mais que le premier venu arrivât de l'autre côté de la montagne avec une réclamation à porter, Dravot l'écoutait jusqu'au bout, réunissait quatre prêtres et disait ce qu'il fallait faire. Il envoyait chercher Billy Fish à Bashkai, Pikky Kergan à Shu, et un vieux chef que nous appelions Kafuzelum — ça ressemblait assez à son vrai nom, — puis tenait conseil avec eux, en cas de batailles entre petits villages. C'était son conseil de guerre, et les quatre prêtres de

Bashkai, Shu, Khawak et Madora formaient son conseil privé. À eux tous ils m'envoyèrent avec quarante hommes et vingt fusils, plus soixante porteurs de turquoises, dans le pays de Ghorband, pour acheter des fusils Martini, fabriqués à la main, et qui sortent des arsenaux de l'amir à Kahoul, à un des régiments hératis de l'amir, des gens qui auraient vendu les dents de leurs mâchoires pour des turquoises.

Je restai un mois à Ghorhand. Je laissai au gouverneur le dessus de mes paniers pour qu'il se taise, et graissai la patte au colonel du régiment. En fin de compte nous emportâmes plus de cent martinis faits à la main, cent bons *jezails* de Kohat qui portent à six cents mètres, et quarante charges de mauvaises munitions pour les fusils. Je rentrai avec tout, et en fis la distribution parmi les hommes que les chefs m'envoyaient à dresser. Dravot était trop affairé pour s'occuper de ces choses, mais l'ancienne armée que nous avions formée m'aida et je mis sur pied cinq cents hommes, bons manœuvriers, et deux cents capables de porter à peu près les armes. Jusqu'à ces pétoires fabriquées à la main et au tire-bouchon, qui leur semblaient des miracles ! Dravot parlait beaucoup de poudreries et d'arsenaux, tout en marchant de long en large dans le bois de pins., aux approches de l'hiver.

— Ce n'est pas une nation que je veux faire, disait-il, c'est un empire. Ces hommes-là ne sont pas des noirs, mais des Anglais ! Regarde leurs yeux, leurs bouches. Vois la manière dont ils se tiennent debout. Ils se servent de chaises dans leurs maisons. Ce sont les Tribus Perdues ou quelque chose de la sorte, et ils sont devenus Anglais. Je ferai un recensement au printemps, si les prêtres ne prennent pas peur. Il doit y avoir deux bons millions d'habitants dans ces montagnes. Les villages sont pleins de petits enfants. Deux millions — deux cent cinquante mille combattants — et tous Anglais ! Ils n'ont besoin que de fusils et d'un peu d'exercice. Deux cent cinquante mille hommes, tout prêts à entamer les Russes de flanc le jour où ils s'en prendront à l'Inde ! Peachey, mon vieux, disait-il, mâchant sa barbe à gros morceaux, nous serons empereurs — empereurs de la terre. Le rajah Brooke ne sera qu'un gosse à côté de nous. Je traiterai de pair avec le vice-roi. Je lui demanderai de m'envoyer douze Anglais de choix — douze que je connais pour nous aider à gouverner un brin. Il y a Mackray, le sergent retraité à Segowli, — je lui dois plus d'un bon diner et une paire de culottes à sa femme. Il y a Donkin, le geôlier de la prison à Tounghoo, des centaines d'autres sur qui je mettrais la main tout de suite si j'étais dans l'Inde. Le vice-roi fera ça pour moi. J'enverrai quelqu'un au printemps chercher ces hommes, et je demanderai par écrit ma dispense à la grande Loge pour ce que j'ai fait comme Grand-Maître. Il me faut cela — cela et les Sniders qu'on réformera quand on donnera le Martini aux troupes noires des Indes. Ils seront usés, mais ils feront l'affaire pour la guerre par ici. Douze Anglais, cent mille sniders passés à travers le pays de l'amir en petits convois — vingt mille par an ça me suffirait — et nous serions un empire ! Une fois tout dégrossi, je remettrai ma couronne — celle-là même que je porte aujourd'hui — je la remettrai, un genou en terre, à la reine Victoria, et elle dirait « Levez-vous, sir Daniel Dravot. » Oh c'est énorme, je te dis. Mais il y a tout à faire partout — à Bashkai, Khawak, Shu et ailleurs…

— Quoi donc, répondis-je ? Il ne viendra plus d'hommes se faire instruire cet automne. Regarde ces gros nuages noirs. Ils amènent la neige.

— Ce n'est pas ça, dit Daniel, en posant sa main très fort sur mon épaule, je ne voudrais pas dire un mot contre toi, car aucun homme en vie ne m'aurait suivi ni fait ce que je suis, aussi bien que toi. Tu es un général en chef de premier ordre, le peuple le sait, mais… c'est un grand pays, et, en définitive, tu ne peux pas m'aider, Peachey, de la manière qu'il faudrait.

— Va demander à tes sacrés prêtres, alors ! dis-je, et je regrettai tout de suite d'avoir dit cela, mais ça me blessait au vif d'entendre Daniel le prendre de si haut avec moi qui avais instruit tous les hommes et fait tout ce qu'il m'avait dit.

— Ne nous disputons pas, Peachey, dit Daniel sans jurer. Tu es roi aussi, la moitié de ce royaume est à toi ; mais ne vois-tu pas, Peachey, qu'il y faut à présent des gens plus forts que nous — trois ou quatre qu'on pourrait placer par-ci par-là dans le pays, en qualité de représentants ? C'est un diable de grand État, je ne sais pas toujours ce qu'il est à propos de faire, je n'ai pas le temps pour tout ce que je voudrais, voilà l'hiver qui s'amène et le reste…

Il se fourra dans la bouche la moitié de sa barbe, et elle paraissait aussi rouge que l'or de sa couronne. Je dis :

— Je suis fâché, Daniel. J'ai fait ce que j'ai pu. J'ai instruit les hommes et montré aux gens à mettre en meules leur avoine ; j'ai aussi apporté ces camelotes de fusils du Ghorband, mais je vois où tu veux en venir. Les rois sont toujours embêtés par des idées comme ça.

— Il y a encore autre chose, dit Dravot en marchant de long en large. L'hiver arrive, le peuple ne nous donnera guère de mal à présent, et même en ce cas nous ne pourrions pas bouger. Il me faut une femme.

— Pour l'amour de Dieu, laisse les femmes tranquilles ! que je dis. Nous avons tous les deux les mains combles de besogne, quoique pour ma part je ne sois qu'un imbécile. Rappelle-toi le contrat et ne t'empêtre pas de jupons.

— Le contrat n'avait force que jusqu'au moment où nous serions rois ; et, rois, nous avons régné voilà plusieurs mois passés, dit Dravot en soupesant sa couronne. Va-t'en chercher femme, toi aussi, Peachey, une jolie ifile, découplée, bien en chair, qui te tienne chaud l'hiver. Elles sont plus jolies que les filles d'Angleterre, et nous pouvons choisir.

— Ne me tente pas, je lui dis. Je ne veux pas avoir affaire à une femme avant que nous soyons un sacré brin plus d'aplomb que pour le moment. J'ai travaillé comme deux et toi comme quatre… Reposons-nous un peu, tâchons de nous faire fournir de meilleur tabac en pays afghan et d'introduire quelque chose à boire ; mais pas de femmes.

— Qui parle de *femmes* ? dit Dravot. Il ne m'en faut qu'une — une reine qui engendre au roi un fils de roi. Une reine issue de la tribu la plus forte et qui en fasse tes frères de sang, qui dorme à ton flanc et te répète tout ce que le peuple pense autant de toi que de ses propres affaires. Voilà ce qu'il me faut.

— Te rappelles-tu cette Bengali que j'entretenais à Mogul-Serai quand j'étais ouvrier poseur ? Elle m'a rendu service, pour sûr. Elle m'a appris la langue et une ou deux autres choses ; mais qu'est-ce qui est arrivé ? Elle a fichu le camp avec le *khidmatgar* du chef de gare et un demi-mois de ma paye. Puis, un beau jour, la voilà qui s'amène, en pleine station de Dadur, à la traîne derrière un métis, et l'impudence de m'appeler son mari devant tous les mécaniciens, dans le hangar aux machines !

Fini, tout ça, dit Dravot. Ces femmes d'ici sont plus blanches que toi et moi, et j'aurai une reine pour les mois d'hiver.

Je te le demande pour la dernière fois, Dan, ne fais pas ça. Il n'en viendra que du mal. La Bible défend aux rois de perdre leur force avec les femmes, surtout quand ils ont à se tirer d'affaire avec un royaume tout neuf.

— Pour la dernière fois, je réponds : Ce sera comme je veux, dit Dravot. Et il avait l'air d'un grand diable rouge, comme il s'en allait à travers les pins. Le soleil bas tapait de côté sur la couronne et la barbe, et toutes deux flamboyaient comme des braises.

Ça n'était pas si facile de prendre femme que Dan le croyait. — Il exposa la chose au conseil, et personne ne répondit jusqu'au moment où Billy Fish dit qu'il ferait bien de

137

demander aux filles. Dravot se mit à sacrer à la ronde.

— Qu'y a-t-il contre moi ? qu'il cria, debout près de l'idole Imbra. Suis-je un chien ou pas assez un homme pour vos donzelles ? N'ai-je point étendu l'ombre de ma main sur cette terre ? Qui a repoussé le dernier raid afghan ?

C'était moi, à la vérité, mais Daniel était trop en colère pour s'en souvenir.

— Qui a acheté vos fusils ? Réparé les ponts ? Qui est le grand maitre du signe gravé sur la pierre ?

Et il cogna du poing sur le bloc où il siégeait d'ordinaire — en loge comme au conseil — les deux se tenaient de même manière toujours. Billy Fish ne dit rien, les autres non plus.

— Ne t'emballe pas, Dan, que je dis, et demande aux filles. C'est comme cela qu'on fait chez nous, et ces gars-là sont tout à fait anglais.

— Le mariage du roi est affaire d'État, dit Dan.

Dans sa colère blanche il se rendait compte, il faut croire, qu'il allait contre son intérêt mieux entendu. Il sortit à grands pas de la salle du conseil, et les autres restaient immobiles, les yeux fichés à terre.

— Billy Fish, dis-je au chef de Bashkai, quelle difficulté se présente donc ici ? Réponds franchement comme à un franc ami.

— Vous le savez, dit Billy Fish. Que vous apprendrait un homme à vous qui savez tout ? Comment les filles des hommes s'uniraient-elles à des dieux ou à des diables ? Ce n'est pas convenable.

Je me rappelais quelque chose de la sorte dans la Bible ; mais du moment qu'ils nous prenaient encore pour des dieux depuis le temps qu'ils nous connaissaient, ce n'était pas à moi de les détromper.

— Un Dieu peut tout, dis-je. Si le roi aime une femme, il ne permettra point qu'elle meure.

— Il le faudra, dit Billy Fish. Il y a toutes sortes de dieux et de diables dans ces montagnes, et de temps en temps une fille en épouse un et on ne la revoit plus. En outre, vous connaissez tous deux la marque gravée sur la pierre. Les dieux seuls connaissent cela. Nous vous croyions hommes jusqu'à ce que vous ayez montré le signe du maître.

Toute cette nuit-là on entendit souffler dans des cornes et une voix de femme qui pleurait à se faire mourir. Cela venait d'un petit temple noir à mi-chemin de la colline. Un des prêtres nous dit qu'on la préparait à devenir la femme du roi.

— Pas de ces blagues, dit Dan. Je ne veux pas me mêler de vos coutumes, mais c'est moi qui choisirai ma femme.

— Elle a peur un peu, dit le prêtre. Elle croit qu'elle va mourir, et on lui redonne du cœur là-bas dans le temple.

— Donnez-lui du cœur en douceur alors, dit Dravot, ou je vous en donnerai à coups de crosse de façon à vous ôter l'envie qu'on vous en donne jamais plus.

Il se passa la langue sur les lèvres et resta la moitié de la nuit à se promener de haut en bas, en pensant à la femme qu'il aurait au matin. Je ne me sentais guère à l'aise, car je savais que des histoires de femmes en pays étranger, fût-on roi vingt fois, ça ne pouvait qu'être risqué. Je me levai de très bonne heure le lendemain, Dravot dormait encore, et je vis les prêtres qui chuchotaient entre eux, les chefs qui se parlaient bas aussi, et tous m'observaient du coin de l'œil.

— Qu'est-ce qui chauffe, Fish ? dis-je au chef de Bashkai. Il était superbe à voir avec ses habits de fourrures.

— Je ne sais pas au juste, dit-il, mais si vous pouvez amener le roi à renoncer à toute cette histoire de mariage, vous nous rendrez un fier service à lui et à moi comme à vous.

— Ça, je le crois, dis-je. Mais pour sûr, Billy, tu sais aussi bien que moi, toi qui t'es battu contre et pour nous, que le roi et moi ne sommes rien de plus que deux des plus rudes hommes que le Seigneur ait jamais faits. Rien de plus, je t'assure.

— Possible, dit Billy Fish, et pourtant j'en serais fâché. Il laissa tomber sa tête sur son grand manteau fourré pendant une minute, et réfléchit.

— Roi, dit-il, homme, dieu ou diable, compte sur moi dès ce jour. J'ai vingt hommes avec moi qui me suivront. Nous irons à Bashkai jusqu'au grain passé.

Il était tombé un peu de neige cette nuit et tout était blanc, sauf les gros nuages huileux qui se suivaient l'un après l'autre dans le vent du Nord. Dravot parut, couronne en tête, battant des bras et frappant des pieds, l'air plus content qu'un dieu.

— Pour la dernière fois, Dan, lâche ton idée, je lui dis tout bas. Voilà Billy Fish qui dit qu'il y aura du grabuge.

— Parmi mon peuple ? dit Dravot. Je voudrais voir. Peachey, tu es fou de ne pas prendre une femme aussi. Où est-elle ? dit-il d'une voix comme un âne qui brait. Rassemblement pour les chefs et prêtres, et que l'empereur voie si son épouse lui convient.

Il n'y avait besoin de rassembler personne. Ils étaient tous là, appuyés sur leurs fusils et leurs lances, autour de la clairière, au milieu du bois de pins. Une députation de prêtres descendit au petit temple chercher la jeune fille, et les cornes soufflaient à réveiller les morts. Billy Fish, sans en avoir l'air, se rapprocha de Daniel le plus possible, et derrière lui se tenaient ses vingt hommes avec leurs fusils à bassinet. Pas un moins haut que six pieds. J'étais à côté de Dravot avec, derrière moi, vingt hommes de l'armée régulière. Arrive la femme, un beau brin de fille, couverte d'argent et de turquoises, mais pâle comme la mort et qui, à chaque instant, se retournait vers les prêtres.

— Elle fera l'affaire, dit Dan, en la regardant de la tête aux pieds. Qu'y a-t-il donc, fillette, pour avoir peur : Viens m'embrasser.

Il lui passe le bras autour de la taille. Elle ferme les yeux, fait un petit cri, et voilà sa figure qui tombe, de côté, dans la barbe rouge-feu de Dravot.

— La garce m'a mordu qu'il dit en portant la main à son cou, et pour sûr qu'il la retira rouge de sang. Billy Fish et deux de ses fusiliers empoignent Dan par les épaules et le tirent en arrière parmi les hommes de Bashkai, tandis que les prêtres hurlent dans leur baragouin : « Ni Dieu, ni diable — un homme ! » J'étais abasourdi, un prêtre me porta un coin de pointe de face et, en arrière, l'armée se mit à faire feu sur les hommes de Bashkai.

— Bon Dieu de bon Dieu ! dit Dan. Qu'est-ce que ça veut dire ?

— Rentrons ! Allons-nous-en ! crie Billy Fish. Ruine et révolte, voilà ce que c'est. Gagnons Bashkai, si l'on peut.

J'essayai de donner des ordres à mes hommes — ceux de l'aimée régulière — mais ça ne servait à rien, de sorte que je fis feu dans le tas avec un Martini de manufacture anglaise, et j'en abattis trois gueux d'affilée. La vallée était pleine de créatures qui criaient, hurlaient, et chaque bouche gueulait : « Ni Dieu, ni diable, rien qu'un homme ! » Les troupes de Bashkai tinrent bon pour Billy Fish comme elles purent, mais leurs fusils à bassinet ne valaient pas de beaucoup les autres, de Kaboul, à chargement par la culasse, et quatre hommes tombèrent. Dan beuglait comme un taureau, de rage, et Billy Fish en avait plein les bras à l'empêcher de foncer sur la foule.

— Il n'y a pas moyen de tenir, dit Billy Fish. Sauve qui peut, par la vallée ! Tout le monde est contre nous !

Les hommes courent, et nous descendons la vallée malgré les protestations de Dravot. Il jurait horriblement, criant qu'il était roi. Les prêtres nous firent rouler de grosses pierres dessus, l'armée régulière tirait à force et il n'y eut pas plus de six hommes, sans compter Dan,

Billy Fish et moi, qui arrivèrent vivants au bas de la vallée.

Puis on cessa le feu, et les cornes se remirent à sonner dans le temple.

— Venez ! Pour l'amour de Dieu, venez ! dit Billy Fish. Ils enverront des courriers à tous les villages avant même que nous atteignions Bashkai. Je réponds de vous là, mais je ne peux rien faire pour l'instant.

On ne m'ôtera pas de la tête que Dan commença à devenir fou dès ce moment-là. Il regardait en haut, en bas, les yeux écarquillés, comme un cochon empaillé. Puis il voulut retourner afin de tuer les prêtres de ses mains nues — il l'aurait fait.

— Je suis un empereur, disait Daniel, et l'année prochaine je serai chevalier de la reine.

— Très bien, Dan, que je dis, mais viens-t'en pour lors pendant qu'il est temps.

— C'est ta faute, dit-il. Il fallait mieux surveiller ton armée. La révolte y couvait, et tu n'en savais rien — sacré mécanicien, espèce de poseur de plaques, de tapeur de missionnaires de malheur ! Il s'assit sur un rocher et m'appela de tous les vilains noms qui lui passaient par la tête. J'avais le cœur trop gros pour que ça me fasse rien ; pourtant c'était sa folie seule qui avait causé la débâcle.

— Je suis fâché, Dan, que je dis, mais on ne peut pas compter sur des natifs. C'est notre

57 à nous, cette affaire. Bah ! nous nous en tirerons peut-être encore, une fois rendus à Bashkai.

— Allons à Bashkai donc, dit Dan, et par Dieu quand je reviendrai ici, je nettoierai si bien la vallée qu'il n'y restera pas un pou dans un tapis !

Nous marchâmes tout le jour et toute la nuit, Dan trépignant dans la neige, rongeant sa barbe et marmottant tout seul.

— Il n'y a pas chance de s'en tirer, dit Billy Fish. Les prêtres auront envoyé des coureurs dans les villages dire que vous n'étiez que des hommes. Pourquoi n'avez-vous pas continué à faire les dieux jusqu'à ce que tout fût plus d'aplomb ? Je suis un homme mort.

Et il se jette de tout son long sur la neige et se met à prier ses dieux.

Le lendemain matin nous étions dans un sacré mauvais pays, tout en hauts et bas, rien de niveau, et rien à manger non plus. Les six hommes de Bashkai regardaient Billy Fish avec des yeux affamés, mais ils ne dirent pas un mot. À midi, nous arrivons en haut d'une montagne plate toute couverte de neige, et une fois grimpés sur le plateau, qu'est-ce que nous voyons ? Une armée rangée en bataille au beau milieu !

— Les courriers sont allés vite, dit Billy avec un petit rire. On nous attend.

Trois ou quatre des ennemis commencèrent à tirer, et une balle attrapa par hasard Daniel dans le mollet. Ça le remet de sang-froid. En regardant par-dessus la neige vers l'armée, il reconnaît les fusils que nous avions introduits dans le pays.

— Nous sommes foutus, qu'il dit. Ce sont des Anglais, ces gens — et c'est mes sacrées bêtises qui t'ont amené là. Retourne, Billy Fish, et emmène tes hommes. Tu as fait ce que tu as pu, sauve-toi maintenant. Carnehan, qu'il dit, serre-moi la main, et va-t'en avec Billy. Peut-être ils ne te tueront pas. J'irai au-devant d'eux tout seul. C'est moi qui ai tout fait. Moi, le roi.

— Tout seul ! que je dis. Va-t'en au diable, Dan. Nous sommes deux ici. Billy Fish, défile-toi, et nous irons ensemble, nous autres, au-devant de ces gens-là.

— Je suis un chef, dit Billy Fish, tout tranquille. Je reste avec vous. Mes hommes peuvent partir.

Les gars de Bashkai ne se le firent pas dire deux fois et prirent la course. Dan et moi et Billy Fish nous marchâmes vers l'endroit où les tambours battaient et où cornaient les cornes. Il faisait froid — terriblement froid. J'ai encore ce froid-là dans la nuque à cette heure. Il y en a un morceau, toujours, là.

Les coolies du pankah s'étaient endormis. Deux lampes à pétrole flamboyaient dans le bureau, la sueur ruisselait de mon visage et s'écrasait en grosses gouttes sur le buvard comme je me penchais en avant. Carnehan grelottait. J'eus peur que sa raison ne fléchît. Je m'épongeai le front, étreignis de nouveau ses mains pitoyables et mutilées, et dis :

— Qu'arriva-t-il après cela ?

Mes yeux détournés un instant, cela avait suffi pour rompre le courant lucide.

— S'il vous plaît ? gémit Carnelian. Ils les prirent sans faire de bruit. Pas un petit murmure sur toute l'étendue de neige, rien, malgré que le roi culbutât le premier qui lui mit la main dessus, ni quoique le vieux Peachey fît feu de sa dernière cartouche dans le tas. Pas le moindre petit bruit, les cochons ! Ils se refermèrent sur nous, pas plus, mais serrés, et je vous prie de croire que leurs fourrures puaient. Il y avait un homme appelé Billy Fish — bon ami à nous tous et ils l'égorgèrent, Monsieur, devant nous, comme un porc ; et le roi faisait voler du pied la neige rouge en disant : « Nous en avons eu pour notre argent au moins. À qui le tour ? » Mais Peachey, Peachey Taliaferro — je vous le dis, Monsieur, entre nous, comme un ami, en confidence il perdit la tête, Monsieur. Non, il ne perdit ni l'une ni l'autre. C'est le Roi qui perdit la tête, oui, tout le long d'un de ces rusés de ponts de corde. Ayez la bonté de me passer le coupe-papier, Monsieur. Il versa, le pont, comme ça. On les fit marcher un mille sur la neige jusqu'à un pont de corde en travers d'un ravin avec une rivière au fond. Vous en avez vu de pareils. On les piquait par derrière comme des bœufs.

— Damnées brutes, dit le roi, croyez-vous que je ne saurai pas mourir comme un gentleman ?

Il se tourne vers Peachey — Peachey qui pleurait comme un gosse :

— C'est moi qui t'ai conduit là, Peachey, qu'il dit. Arraché à ta bonne vie pour te faire tuer en Kafiristan où tu étais, il n'y a pas longtemps, général en chef des forces de l'empereur. Dis-moi que tu me pardonnes, Peachey ?

— Sûr que je te pardonne, et de tout cœur, Dan.

— Ta main, Peachey dit-il. J'y vais maintenant.

Et le voilà qui s'avance, sans regarder à droite ni à gauche, et une fois arrivé en plein au milieu de ces sales cordes qui dansent de vertige : « Coupez, chiens ! » qu'il crie, et ils coupent, et mon vieux Dan tomba, en tournant sur lui-même, pendant vingt mille lieues, car il mit une demi-heure à tomber avant de toucher l'eau, et je voyais son corps aplati sur une pierre et la couronne d'or à côté.

Mais savez-vous ce qu'ils firent à Peachey entre deux troncs de pins ? Ils le crucifièrent, Monsieur, comme ça se voit en regardant ses mains. Ils lui enfoncèrent des chevilles de bois dans les mains et dans les pieds, et il n'est pas mort. Il resta accroché là, et il hurlait. On le descendit le jour suivant, et tout le monde dit que c'était un miracle qu'il ne fût pas mort. Ils le descendirent — pauvre vieux Peachey qui ne leur avait rien fait — qui ne leur avait…

Il se mit à se balancer en pleurant amèrement et s'essuyant les yeux du revers de ses mains scarifiées. Il gémit comme un enfant pendant quelque dix minutes.

— Ils furent assez cruels pour lui donner à manger dans le temple, parce qu'ils disaient qu'il était plus Dieu que son vieux Daniel qui était homme. Puis ils le jetèrent dehors sur la neige, et lui dirent de retourner dans son pays et Peachey retourna — il mit à peu près une année — en mendiant le long des routes. Il n'avait pas peur parce que Daniel Dravot marchait devant et disait : « Viens, Peachey, c'est de grandes choses que nous faisons. » Les montagnes dansaient la nuit, et elles tâchaient de tomber sur la tête de Peachey ; mais Dan levait la main et Peachey suivait tout le long et courbé en deux. Il ne lâchait jamais la main de Dan et il ne lâcha jamais la tête de Dan. Ils la lui donnèrent dans le temple, pour qu'il se rappelle de ne plus revenir, et quoique la couronne soit en or pur et que Peachey eût faim, jamais Peachey n'aurait voulu la vendre. Vous avez connu Dravot, Monsieur ? Vous avez connu le très vénérable F. Dravot ! Regardez-le maintenant !

Il fouilla dans l'épaisseur des loques qui entouraient sa taille tordue, retira un sac de crin noir brodé de fil d'argent, et en secoua sur la table la tête desséchée et flétrie de Daniel Dravot ! Le soleil matinal, car depuis longtemps les lampes avaient pâli, frappa la barbe rouge, les yeux aveugles dans les orbites creuses, de même que le lourd cercle d'or incrusté de turquoises brutes que Carnehan plaça tendrement sur les tempes blêmies.

— Vous contemplez maintenant l'empereur en son appareil ordinaire, comme il vivait — le roi du Kafiristan avec la couronne en tête. Pauvre vieux Daniel qui fut monarque une fois !

Je frémis, car défigurée par vingt blessures, je reconnaissais malgré tout la tête de l'homme que j'avais vu à la gare de Marwar. Carnehan se leva pour partir. J'essayai de le retenir. Il n'était pas en état d'affronter la température extérieure.

— Laissez-moi emporter le whiskey et donnez-moi un peu d'argent, souffla-t-il. J'ai été roi autrefois. J'irai trouver le deputy-commissioner et demanderai une place à l'asile jusqu'à ce que j'aie retrouvé ma santé. Non, merci, je n'ai pas le temps d'attendre que vous me fassiez chercher un *gharri*. J'ai des affaires particulières urgentes, dans le Sud, à Marwar.

Il sortit péniblement du bureau et prit la direction de la maison du deputy-commissioner. Ce jour-là, à midi, ayant occasion de descendre le Mail sous la chaleur aveuglante, j'aperçus un estropié qui se traînait dans la poussière au bord de la route blanche, son chapeau à la main, chevrotant douloureusement à la manière des chanteurs des rues en Europe. Il n'y avait personne en vue, et l'homme était hors de portée d'oreille des maisons les plus proches. Il chantait du nez en tournant la tête de droite et de gauche :

The son of man goes forth to war,
A golden crown to gain ;
His blood-red banner streams afar —
Who follows in his train ?

Je ne voulus pas en entendre plus long. J'embarquai le misérable dans ma voiture et le conduisis au missionnaire le plus proche, à fin de transport éventuel à l'asile. Il répéta l'hymne deux fois pendant le temps qu'il passa avec moi qu'il ne reconnaissait pas le moins du monde, et je le quittai qu'il le chantait encore au missionnaire.

Deux jours après je m'enquis de son état auprès du directeur de l'asile.

— Ou l'a reçu ici atteint d'insolation, dit le directeur. Il est mort hier matin de bonne heure. Est-ce vrai qu'il a passé une demi-heure tête nue au soleil, à midi ?

— Oui, dis-je ; mais savez-vous si par hasard il n'avait rien sur lui quand il est mort ?

— Pas que je sache, dit le directeur. L'affaire en est restée là.